허리 아래 고민에 답변 드립니다

허리 아래 고민에 답변 드립니다

사회학자
우에노 지즈코의
명쾌한 처방

우에노 지즈코 지음 | 송태욱 옮김

muʃintree
뮤진트리

제1장   허리 아래에서 끓어오르는 욕망

제2장   가정 밖의 에로스

제5장 자식에게서 떨어지지 못하는 부모들

▪ 일러두기

– 이 책은 우에노 지즈코(上野千鶴子)의 『身の下相談にお答えします』(朝日文庫, 2013)를 우리말로 옮긴 것이다.
– 옮긴이 주는 본문 하단에 각주로 달았다.

제1장

허리 아래에서
끓어오르는 욕망

기혼 여성과
'위험'한 상황입니다.

상담자 : 회사원, 남성, 30대

Q 저는 회사에 다니는 30대 남성입니다. 아이는 없고 맞벌이 부부입니다. 아내를 사랑하고 있고 그녀에게 불만도 없으며 그녀 또한 아무런 잘못이 없는데 제가 바람을 피울 것만 같습니다.

일이 바빠서 매일 오전 6시 즈음부터 밤 12시 넘어까지 일합니다. 아내가 일어나기 전에 나가고 잠든 후에 귀가합니다. 주말도 하루는 일하러 나가고 하루는 어학원에 다닙니다.

아내는 저보다 우수해서 어려운 일도 척척 해내는 타입입니다. 온화한 성격이며 감정의 기복도 없습니다. 이직에 성공하여 시간에 여유가 있는 지금은 요리학원에 다니며 저를 위해 요리를 해줍니다. 제가 바빠 주말을 함께 보낼 수 없을 때도 불평을 하지 않습니다.

신혼 시절에 '서로 자기 방식대로 좋아하는 것을 하는' 생활 습관이 형성된 것이 문제였는지도 모르겠습니다. 아파트를 사야 했거나 아이가 있었다면 달랐겠지요.

하지만 저는 외로움을 잘 타는 사람입니다. 지금 회사 내 관련 부서의 여성과 '위험'한 상태입니다. 상대도 기혼입니다. 일로 만나면 서로의 '눈이 하트'가 됩니다. 분명 유혹을 받고 있습니다.

저는 뭐든지 열심히 하는 성격이라 바람도 피우면 '진지한 관계'가 될 겁니다. 그렇게 되면 아내와 헤어지게 될지도 모릅니다. 바빠서 아내와 시간을 함께하지 못하는 것이 원인이 되어 제가 바람을 피울 것 같다니, 냉정히 생각하면 제가 제멋대로 행동하고 있을 뿐입니다. 그건 알고 있습니다. 누가 좀 말려주세요.

에로스를 봉해두기에 인생은 너무 깁니다.

A 하하. "누가 좀 말려주세요"라고 했지만 이미 행간에 말려도 그칠 것 같지 않은 마음이 흘러넘치고 있잖아요. 이럴 때 본인이 희망한 대로 '나쁜 말은 안 할 테니 당장 그만두라'고 말하며 말리면 모처럼의 기회를 빼앗았다며 나중에 원망할 겁니다. 그렇다고 '어쩔 수 없겠네요. 아내한테 들키지 않게 하세요'라고 말하면 마치 허가라도 받은 것처럼 잘됐다며 새로운 연애를 시작하여 가정에서 말썽이 생겨도, 그녀와 잘 안 되어도 답변자를 원망하겠지요. 그런 시나리오에는 멍청하게 놀아나지 않겠습니다.

30대, 에로스가 충실한 나이지요. 에로스란 성욕이기도 하고 삶의 욕구이기도 합니다. 결혼한 상대가 '마지막 사랑'의 상대일 수 없다는 것이 긴 인생의 과제입니다. 봄의 도래와 함께 앞으로의 인생을 흔들리는 마음에 뚜껑을 닫고 살아갈 것인가, 아니면…. 아내에 대한 사랑과 설렘은 별도입니다. 일어날지 모르는 설렘을 앞으로도 계속 봉해두고 살아갈 생각인가요? 그렇게 생각한다면 인생 80년은 너무 깁니다.

연애만큼 자신에 대해 배울 수 있는 일도 없습니다. 자신의 욕망, 애착, 헌신, 미련, 질투, 교활함, 이기심, 게다가 고독까지 다 알게 되지요. 다만 그 모든 것을 배우기 위해서는 많은 수업

료를 지불해야 합니다. 어른의 연애는 다른 파트너에게 들키지 않는 것이 매너입니다. 그렇게 하기 위해서는 고도의 기술과 신중함이 요구되는데, 당신에게는 그런 게 있을 것 같지 않습니다. 들키면 그때는 아내, 그녀, 그녀의 파트너까지 말려들어 분쟁에 휩싸이겠지요.

그래도 이런 '사랑의 폭풍'이 있는 인생과 없는 인생 중 어느 쪽이 좋을지 판정하는 것은 당신 자신입니다. 인생도 하이 리스크-하이 리턴(high risk-high return)이거나 로우 리스크-로우 리턴(low risk-low return)이겠지요. 로우 리턴이어도 인생 경험은 반드시 뒤에 뭔가를 남기기 때문에 빈털터리가 되지는 않을 겁니다.

다만 당신의 파트너에게도 '설레는 상대'가 나타날 가능성이 있다는 사실을 잊지 마세요. 그때는 '경험을 통해 한결 나아진' 당신이 파트너에게 지금보다 더 매력적으로 비칠지도 모릅니다.

그래도 헤맬 때가 즐거운 것입니다. 자신의 그릇에 맞는 선택을 해야겠지요.

02

제 성욕을
어떻게 해야 좋을까요?

상담자 : 회사원, 남성, 59세.

Q 59세 남성입니다. 부부의 성(性) 문제에 대해서는 알코
올의 힘을 빌린다고 해도 동료에게는 말할 것도 없고
형들에게조차 물어볼 수가 없습니다.

남녀의 신체 구조가 다르다는 것은 알지만, 환갑이 가까워졌는
데도 저는 젊고 팔팔한 여성을 보면 달려들고만 싶습니다. 적
어도 옆에 있어주면 좋겠다고 간절히 바라고, 마음만 먹으면
언제든지 밤일을 할 수 있는 상태입니다. 하지만 정작 중요한
아내가 이미 완전히 시들어버렸습니다. 수년 전에 아내가 관계
를 하다 통증을 느꼈고, 그 이후로는 제가 노력을 했음에도 상

대해주지 않았습니다.

저는 결혼한 후 바람을 피우지도 않았고, 불륜을 저지른 적도 없습니다. 자위행위도 하지 않고, 포르노 테이프 하나도 갖고 있지 않습니다. 아이들이 독립해서 지금은 아내와 둘이서만 생활하는데, 제 코골이 때문에 따로 잡니다.

싸우는 것도 아니고 성격이 안 맞는 것도 아닙니다. 아내는 장녀이고 저는 막내였습니다. 둘 다 O형입니다. 함께 텔레비전을 보기도 하고 술을 마시기도 하고 야한 이야기도 나눕니다. 서로 마사지를 해주는 일도 있습니다. 하지만 그럴 때도 아내는 저를 현실로 돌아오게 하려는 것처럼 분위기를 깨는 이야기를 합니다.

이제 섹스는 하지 않아도 좋으냐고 아내에게 물었더니 "평생 안 해도 좋아요. 전혀 불편하지 않은걸요" 하고는 "여염집 여자만 아니라면 바람을 피워도 좋아요"라고 덧붙였습니다.

이제 와서 밤거리로 나가 욕정을 발산하고 싶지는 않습니다. 저는 앞으로 성적 욕구를 어떻게 처리해야 좋을까요?

당신은 얼마나 노력했나요?

A 이런 유의 고민은 아주 흔합니다. 남편은 그럴 생각이 충만한데 아내가 전혀 응해주지 않는 엇갈림, 또는 그 반대 경우도요.

부부의 성관계는 성 이외의 관계를 반영합니다. 단카이 세대[*] 부부는 결혼한 지 이미 40년이나 되었습니다. 그 시간 동안 만들어온 서로의 관계는 쉽게 바뀌지 않습니다.

이제 와서 성관계를 갖고 싶지 않다는 것은 그 이전에도 아마 섹스가 즐겁지도, 기쁘지도 않았을 거라는 증거겠지요. 나이가 들면 여성의 성기는 촉촉함이 덜해지고, 그래서 성교통(性交痛)이 생긴다는 것은 상식입니다. 그것을 완화하는 호르몬 대체 요법(hormone replacement therapy)이나 윤활 젤리 등을 사용하는 방법도 있지만, 다양한 수단을 이용해서까지 삽입 대비를 한다는 것은, 설령 부부 사이라고 해도 강간해도 좋다고 말하는 것이나 마찬가지입니다.

그보다 더 중요한 것은 아내가 섹스를 기분 좋게 느끼는가, 그리고 그것을 위해 당신이 노력했는가입니다. 기분 좋은 일이라면 당연히 다시 하고 싶어지겠지요. 여기에 나이는 상관없습니다. 80대인데도 기분 좋은 섹스를 하는 여성도 알고 있으니까요.

---

[*] 제2차 세계대전 직후의 베이비붐 때 태어난 세대. 보통 1947년부터 1949년에 태어난 사람들을 가리킨다.

아내의 "평생 안 해도 좋아요. 전혀 불편하지 않은걸요"라는 말은 번역하면 '그렇게 괴로운 일은 이제 질색이에요'라는 뜻입니다. 사실 이 말은 《노년기의 성(老年期の性)》(1979)의 저자이자 이 분야의 개척자로 알려진 공중보건 간호사인 다이쿠하라 히데코(大工原秀子) 씨가 조사 당시 70이 넘은 여성 노인으로부터 들은 이야기입니다. 단카이 세대 부부 대부분의 아내가 남편의 독선적인 섹스에 넌덜머리를 냈다는 사실은 각종 성 관련 조사로도 알려져 있습니다. 당신이 예외는 아닙니다.

당신의 성욕은 아내와 관계하고 싶은 욕구인가요? 아니면 단순한 신체적 성욕인가요? 아내와의 성관계를 부활시키고 싶다면 진심으로 품과 시간을 들여 고령기의 부부에게 어울리는 침대 매너와 테크닉을 배우세요.

만약 단순한 신체적 성욕이라면, 지금은 자위행위에 도움이 되는 것들이 세상에 흘러넘치니 욕구가 생기면 적당히 처리하세요. 가끔은 아내의 손이나 입의 도움을 받아도 좋겠지요. 그것도 부탁할 수 없다고요? 그 정도의 스킨십도 할 수 없다면, 앞으로 어느 한쪽이 보살핌을 받아야 할 때 배설을 포함한 요양 보호도 제대로 할 수 없습니다.

아내의 몸을
만지고 싶습니다.

상담자 : 무직, 남성, 66세

Q 2009년 7월 4일의 〈고민의 도가니〉란에 젊은 여성의 성 고민 상담이 실렸는데 다소 발칙한 흥미가 생겨 읽었습니다.

저는 66세의 무직 남성인데, 성 고민은 결코 젊은 사람만의 문제가 아니라 저에게도 있다는 사실을 알았습니다. 제 아내는 62세입니다. 저희 부부는 장남 부부, 손자 셋과 함께 살고 있습니다.

저희 부부 사이는 보통이라고 생각합니다. 하지만 성생활은 오래전부터 하지 않고 있습니다.

제가 불만인 것은 아내가 자기 몸에 손대는 것을 싫어한다는 점입니다. 완전히 거부하기 때문에 참을 수 없어집니다.

나이가 들면 부부간에 성생활이 점차 없어지는 것은 자연스러운 과정이라고 생각했습니다. 하지만 제게는 때로 아내의 몸을 만지고 싶은, 성욕 같은 것이 남아 있습니다. 그런 마음을 어떻게 할 도리가 없어 다른 데에 분풀이를 하기도 합니다.

그렇다고 이제 와서 밖에서 처리하려는 생각은 하지 않습니다. 생각건대 저 같은 고민을 갖고 있는 비슷한 나이, 비슷한 처지의 남성이나 여성이 꽤 있지 않을까 싶습니다. 그저 참을 수밖에 없는 것일까요?

아울러 저의 남성 기능은 사라졌습니다. 그런데도 아내의 몸을 만지고 싶은 마음을 갖는 게 이상한 걸까요?

성욕인지 관계 욕구인지
'만지고 싶은 욕구'인지 구분하세요.

A 또 답변자로 지명 받았습니다. 저로서는 기쁜 일입니다. 이 넓은 세상에서 만져도 좋은 이성이 단 한 사람이라는 것은 아주 불편한 일입니다. 왜냐하면 당신이 자신을 그런 계약으로 묶었기 때문입니다. '결혼이란 자기 신체의 성적 사용권을 평생 단 한 사람의 이성에게 배타적으로 양도하는 계약'이라고 저는 정의합니다. 이런 이야기를 800만 부나 발행하는 중앙일간지에 쓸 수 있게 되다니, 정말 좋은 시대입니다.

그런데 당신이 만지고 싶은 사람이 아내가 아니어도 상관없습니까? 아니면 아내여야 합니까? 그것에 따라 답은 달라집니다. 만약 전자라면 계약을 해제하거나 아니면 아내에게 계약 위반을 허락받아야 합니다. 아내도 당신이 자신을 만지는 게 싫을 뿐 아니라 다른 모든 이성을 만지는 것도 싫은 걸까요? 이것도 물어보지 않으면 알 수 없습니다.

만약 후자라면 그건 성욕이라기보다 관계 욕구라는 것입니다. 부부 사이에 성기 삽입이 없어도 친밀함을 표현하는 수단으로서 스킨십이 있는 건 당연합니다. 당신에게는 아내와 친밀해지고 싶은 마음이 있지만 아내는 그렇지 않다면 이는 '짝사랑'이 겠지요(쓴웃음).

하지만 혹시 아내가 그렇게 된 데는 과거에 그에 상응하는 이유가 있지 않았을까요? "아내가 자기 몸에 손대는 것을 아주 싫어하는" 관계를 '보통의 부부 사이'라고 부르지는 않습니다. 부부란 이런 거지, 라고 생각하는 당신의 그런 둔감함을 아내가 싫어하는 게 아닐까요?

만지는 것이 친밀함의 증거라면 우선 아내에게 친해지고 싶다는 신호를 보내고 과거를 반성하며 아내와의 관계를 다시 맺어야 합니다. 부부라는 것에 안주하기만 해서는 안 됩니다.

그것도 아니라면, 그건 단지 '접촉하고 싶은 욕구' 아닐까요? 그렇다면 해결책은 아주 간단합니다. 어린 손자든, 반려동물인 개나 고양이든 푹신푹신하고 부드러운 존재를 가까이에 두고 마음껏 쓰다듬고 안아주세요. 체온이 있는 부드러운 존재를 만지는 즐거움을 여성은 아이를 키우는 과정에서 충분히 맛봅니다. 갓난아기가 태어나고 나서 남편이 만져주었으면 하는 욕망조차 없어졌다는 여성도 있습니다. 자진해서 손자를 돌보겠다고 하는 건 어떨까요? 아마 기뻐할 겁니다.

섹스리스여서
말라비틀어질 것 같습니다.

상담자 : 주부, 35세

Q 결혼한 지 11년 되었고 초등학교 3학년인 딸과 유치원에 다니는 아들을 둔 35세 여성입니다. 45세인 남편에게 "따지는 것도 아니고 비난하는 것도 아니지만, 앞으로도 섹스는 안 할 거예요?" 하고 물었다가 "현 상태를 유지하며 그냥 부모로 있자"라는 말을 들었습니다.

애초에 20대에 딸을 낳은 후부터 섹스를 하지 않았습니다. 남편은 아이는 하나로 충분하다고 했습니다. 아무것도 모르는 시어머니는 "형제가 있어야 하는데" 하며 마치 저에게 원인이 있는 것처럼 생각하셔서 무척 괴로웠습니다. 그래서 어떻게든 남편을 설득해서 아들을 낳았습니다.

어떤 작가분이 전에 이 신문에 쓴 글에서, 남녀관계에서 중요한 것으로 '설렘'·'성욕'·'친목' 중 두 가지만 있으면 양호하다고 했습니다. 저에게는 그중 하나도 없습니다. 남편과의 장래도 전망도 생각할 수 없는 나날입니다.

또한 남편은 이혼해도 좋다고 했지만, 저는 생활면에서 비교적 안정적이고 아이들이나 집도 중요하고 또 취미로 가꾸는 정원도 있어서 이런 환경을 소중히 하려 합니다.

마음속으로는 '나는 애엄마'라고 생각해도 친구들이나 형제들의 결혼 생활을 보면 마음이 흔들립니다. '다른 사람들과 비교하면 그 시점에서 행복의 열쇠를 잃는다'는 말을 늘 가슴에 담고 있지만, 섹스란 인간의 근본 문제여서 쓸쓸함은 떨쳐버릴 수가 없습니다. 사람은 이렇게 시들어가는 걸까요? 객관적으로 어떻게 생각하세요?

설렘이나 성욕은
인생의 묘미인데

A 이제 서른다섯인데 앞으로 반세기 이상 섹스 없이 살아 갈 생각인가요?

30대는 성적으로 왕성한 연령입니다. '시들기'에는 너무 이르지요. 작가 모리 요코(森瑤子, 1940~1993) 씨가 《정사(情事)》로 데뷔한 것이 37세 때입니다. "여름이 끝나려 하고 있었다"라는 인상적인 문장으로 시작하는 이 작품에는 "구역질이 날 때까지 섹스를 해보고 싶다"는 구절이 나옵니다.

생활이 안정되고 집과 가족이 있으며 취미로 가꿀 정원도 있으니 이혼은 하고 싶지 않다는 당신에게 '결혼'은 생활을 보장해 주는 도구인 거군요. 거기에 애정과 성적 만족까지 따라오기를 기대하는 것은 과도한 요구일지도 모릅니다. 아이들의 부모라는 사실은 결혼 생활을 유지할 충분한 이유이지만, 그 '계약'에 섹스의 배타성이 포함되는 것은 난처한 일이네요.

'설렘'·'성욕'·'친목', 이 세 가지가 결혼 전에는 있었는데 지금은 없어진 건가요? 아니면 처음부터 없었던 건가요? 남편이 늘 "이혼해도 좋다"고 생각하는 것은, 남편에게도 마음이 없다는 뜻이겠지요. 옛날 같은 관계(혹시 그것이 있었다면)를 되찾고 싶어도 일단 변해버린 관계를 원래대로 돌이키기란 무척 어려운 일입니다. 원래부터 없었다면 처음부터 무리고요.

그렇다면 결혼 계약에서 섹스를 제외해달라고 교섭해봅시다. '규칙 위반'이라는 말을 듣지 않기 위해서요. 부부 관계에는 섹스에 응할 의무가 포함되어 있기 때문에 상대는 이미 규칙을 위반하고 있습니다. 그러니 교섭하기 쉽겠지요. 그렇게 해서 서로가 납득할 수 있다면 이런 '프랑스풍 결혼'도 있을 수 있겠지요. 하지만 보통 이런 상담은 '설렘'의 상대가 나타나고 나서야 비로소 현실적인 것이 됩니다. 당신은 아마 '설렘'의 경험이나 '성욕'에 빠진 일이 없을 겁니다. '다른 사람에게는 있을 것만 같은 것'을 부러워하기만 하는 건 아닐까요? 다른 부부가 정말 서로에게 애정이나 성적 만족을 얻고 있는지 어떤지는 물어보지 않으면 모릅니다.

'설렘'이나 '성욕'은 확실히 인생의 묘미 가운데 하나입니다. 다만 그 비용은 비쌉니다. 그럴 각오만 있다면 지금부터 인생을 다 맛보려고 생각해도 결코 늦지 않습니다.

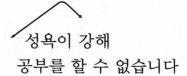

성욕이 강해
공부를 할 수 없습니다

상담자 : 재수생, 여자, 18세

Q 저는 재수를 하고 있는 18세 여학생입니다. 지금 저는
   성욕이 너무 강한 게 아닌가 고민하고 있습니다.

어렸을 때부터 성에 관심이 있어 스스로도 이상하게 생각했습
니다. 자위행위를 하고 혐오감에 시달리기도 했습니다. 지금은
자위행위를 이해할 수 있게 되었지만 하고 나면 비참해집니다.
지금 무엇보다 곤란한 것은 성욕이 강해서 공부를 할 수 없다
는 점입니다.

자습실에 있을 때는 다르지만, 집에 있으면 그런 행위로 도망
치고 있는 듯한 기분이 듭니다. 성 경험은 앞으로 어른이 되면

얼마든지 할 수 있겠지만, 공부는 지금이 가장 열심히 해야 할 시기입니다. 저 자신도 공부를 좋아해서 성에 대해서만 생각하는 시간을 갖고 싶지는 않습니다.

여성도 남성처럼 성에 관심을 갖거나 성욕이 강한 것은 당연하다고 생각합니다. 하지만 저는 아직 어린애인데 성에 대해서만 생각하는 것은 그다지 조신하지 못하다는 느낌을 갖게 됩니다. 저는 아직 성관계를 가져본 적이 없습니다. 함부로 성관계를 가져서는 안 된다는 생각이 성욕이 강한 것과 관계있는 걸까요?

지금은 시기적으로 성욕이 강한 때라고 생각하지만 어떻게 잘 조절해나가야 할지, 같은 여성으로서 우에노 지즈코 선생님의 의견이나 조언을 듣고 싶습니다.

못 견딜 것 같으면
스스로 풀어야지요.

A 답변자로 지명해주어서 영광입니다. 성적인 화제에 강할 거라고 생각하신 거죠? 맞습니다.

당신은 성욕이 강하다고요? 왜 그렇게 생각하죠? 비교해본 사람이라도 있나요?

누구든 어렸을 때부터 성에 관심을 갖고, 그 관심은 점점 강해집니다. 18세라면 '어린애'라고 할 수는 없습니다. 다른 사람에 비해서 어떤지는 알 수 없지만, 아마 인생에서 체력과 함께 성욕이 가장 강할 때가 아닐까요. 남성의 성욕은 20세 무렵이 정점이고, 그때부터 계속 약해진다고 합니다.

성욕과 성교욕은 다릅니다. 성욕은 상대가 없어도 충족할 수 있습니다. 성교욕은 대인관계를 요구하는 욕망이라 좀 성가십니다. 상대가 동의하지 않으면 성립할 수 없으니까요. 하지만 당신의 고민은 성교욕이 아니라 성욕이죠? 그렇다면 이야기는 간단합니다. 참기 힘들면 어깨가 결릴 때 풀어주는 것처럼 스스로 긴장을 풀어주세요. 에도 시대에는 '자행안미(自行安味)'*라고도 불렸을 정도니까요.

마스터베이션을 '자독(自瀆)'이라고 하며 박멸하려고 했던 것은

---

* 스스로 하는 안마.

메이지(明治) 시대 사람들이고, 그것을 '자위(自慰)'라는 부드러운 말로 바꿔 부른 것은 다이쇼(大正) 시대의 성과학자들입니다. 저 널리스트이자 목사였던 아오야기 유비(青柳有美, 1873~1945)는 마스터베이션을 '인공 성교(人工遂情)*'라고 번역하며 "기분이 시원해지고 머리가 말끔해진다"고 썼습니다. 섹스의 좋은 점은 반드시 끝이 있다는 것입니다. 게다가 마스터베이션은 임신할 염려가 없고 누구에게 폐를 끼치지도 않기 때문에 성욕을 말끔히 해결하고 나서 공부에 집중하게 해줍니다.

섹스에는 두 종류가 있는데, 마스터베이션은 자기 신체와의 에로스적 관계, 성교는 타인의 신체와 맺는 에로스적 관계를 말합니다. 어느 한쪽이 다른 쪽을 대체할 수 없습니다. 자기 신체의 에로스적 사용 방식을 모르는 사람이 타인의 신체와 에로스적 관계를 맺는다는 건 무면허로 운전을 하는 것처럼 위험한 일입니다. 자기 에로스의 요령을 잘 배워두면 실제로 상대가 있는 섹스를 할 때 그 섹스의 질이 어땠는지, 잘 알 수 있으니까요. 자신을 알고 적을 알면 백전불퇴입니다. 어머? 성교는 전투가 아니었네요. 타인을 지배하거나 모욕하기 위해 섹스를 이용하는 놈들이 있는데 그것도 괘씸한 일이지요.

---

* 스이조(遂情)는 성교라는 뜻이었으나 지금은 사정(射精)이라는 의미로 쓰인다.

성욕이 너무
강해서 힘듭니다

상담자 : 중학생, 남자, 15세

Q 15세의 남자 중학생입니다.

저의 고민은 성욕이 너무 강해서 올해 고등학교 입시가 있는데도 야한 것만 생각나고 공부가 손에 잡히지 않는다는 것입니다.

단지 그것뿐이라면 저만 힘들고 말 텐데 제 경우는 학교의 여학생이나 길가에서 지나치는 여성을 덮칠 것만 같을 정도로 성욕을 억제할 수가 없습니다.

초등학교 시절부터 이성에 흥미는 있었지만, 성욕의 대상이라기보다는 단순히 친하게 지내고 싶다는 정도의 마음밖에 없었습니다.

그런데 지난 1년 사이에 이성이 갑자기 성적 대상으로 의식되기 시작하여 수업 중에도 안절부절 못합니다. 학교에 좋아하는 여자애가 있지만, 그 애뿐만 아니라 조금이라도 귀여운 여자애가 있으면 금세 몸이 불끈해지고 진정되지 않습니다.

매일 스스로 처리하고 있기는 하지만 무슨 수를 써서라도 진짜 여자의 몸을 만지고 싶어 미칠 지경입니다. 이대로 가면 욕구에 져서 밤길에 충동적으로 여성을 덮치게 되지나 않을까 두렵습니다.

그런 행위가 범죄임은 자각하고 있지만, 스스로 처리하는 것만으로는 도저히 만족할 수가 없습니다.

어떻게 하면 이 욕구를 억제할 수 있을까요? 가르쳐주세요.

이성과 사귀는 것은
귀찮은 일입니다.

A 중학생인가요? 아사히신문을 보고 있습니까? 게다가 〈고민의 도가니〉의 독자인가요? 장래가 유망한 학생이네요. 중학생 때는 머릿속이 그런 생각으로 가득차는 시기지요. 불끈불끈, 싱숭생숭, 공부도 손에 잡히지 않는 기분, 잘 압니다. 아니, 그런 기분을 알게 된 것은 어른이 되고 나서 남자애들에게 사춘기의 성욕에 대한 이야기를 들었기 때문입니다. 같은 나이대의 남자애들이 그렇게 번민했음을 처음으로 이해했습니다. 그리고 남자는 성욕에 휘둘리는 동물이구나… 하고 동정을 금치 못했지요. 남자는 수수께끼. 여자인 저로서는 알 수 없는 것 투성이입니다.

옛날의 인생 상담 기준이었다면 스포츠에 땀을 흘려 성욕을 발산하라고 답변했을 것 같지만, 그런 도피처는 그만둡시다. 게다가 학생은 '혼자 성욕을 처리하는' 것에 익숙한 듯합니다. 불끈불끈해지는 것은 '진짜 여자가 어떤 건지' 알고 싶은 마음을 억누를 수 없기 때문입니다.

명문고의 한 남학생은 자신에게 "여자 친구는 없다, 왜냐하면 여자와 사귀는 것은 귀찮으니까"라고 말했습니다. 성욕의 정점에서 성가신 그 학생은 대체 언제쯤이면 귀찮아지지 않게 될지를 궁금해합니다. 우선 알아두어야 하는 점은 이성과 사귀는 것은 귀찮은 일이라는 겁니다. 친구가 되는 것만으로도 귀찮아지는데 팬티까지 벗게 하는 관계가 되는 것은 더욱 귀찮은 일입니다. 게다가 섹스란 아이를 만드는 행위라는 것을 기억해두세요. 그러면 귀찮은 것을 피해서 상대가 있는 섹스란 무엇인지 알고 싶다면 방법이 있습니다. 모르는 것은 알고 있는 사람에게 배우는 것이 제일입니다. 경험이 풍부한 나이든 여자에게 무릎을 꿇어서라도 좋으니까 한 번 하게 해달라고 부탁해보세요. 거절당해도 풀 죽을 필요는 없습니다. 제 친구는 그렇게 해서 열 번에 한 번은 성공했다고 합니다. 옛날에는 와카모노구미(若者組)[*] 청년들의 동정을 깨주는 일(알고 있지요?)을 담당해주는 연상의 여성들이 있었습니다. 저도 좀 더 젊었다면 가능할 수도 있었겠죠. 다만 상대가 싫어하는 행위는 절대 해서는 안 됩니다. 그렇게 지도에 따라 충분한 경험을 쌓는다면 정말 좋아하는 여자애에게 부탁하세요. 콘돔을 준비하는 것 잊지 말고요.

---

[*] 와카슈구미(若衆組)라고도 한다. 마을별로 조직된 청년 집단으로 마을 내의 경비·소방·제례 따위의 일을 분담한다.

아들에게 성교육을
어떻게 해야 하나요?

상담자 : 주부, 30대

Q 여섯 살과 네 살 아들이 있는 30대 여성입니다.

유치원에 다니는 큰애는 본 것이나 들은 것 중에서 의문이 생기면 뭐든지 알고 싶어 합니다. 매일 "사람은 죽으면 어떻게 돼?", "지구에는 왜 중력이 있는 거야?" 하고 물어보는데, 함께 조사해서라도 알기 쉽게 대답해주려고 노력합니다. 얼마 전에는 "나는 엄마 배에서 태어났다고 하는데 대체 어디로 나온 거야?" 하고 물어서 "글쎄, 어딜까?"라고 대답했더니 "자기가 낳았으면서 그것도 모르는 거야?" 하고 말했습니다.

언젠가 형제가 싸우다 우연히 큰애의 손이나 발이 둘째의 샅에

세게 닿아 둘째가 아파했을 때 제가 "남자애의 살은 아주 중요한 데라 싸울 때도 조심해야 해"라고 말해주었습니다. 그러자 큰애가 "고추는 오줌이 나오는 데라 중요하다는 것은 알겠는데 그 밑에 있는 알은 무슨 역할을 하는 거야?" 하고 물어서 "어른이 되면 아기의 씨앗을 넣어두는 중요한 데야"라고 말해주었는데 이튿날 친구에게 가르쳐주었다는 이야기를 듣고 당황했습니다.

여자 형제가 있으면 자연스럽게 알게 될 생리도 가정 내에서 유일한 여성인 제가 숨기면 아무것도 모른 채 자랄 수도 있고, 숨기면 숨길수록 어릴 때부터 취미가 이상한 방향으로 나아가지나 않을까 걱정입니다. 어떻게 대답하면 좋을까요?

성교육은 어른이
더 받아야 합니다.

A 어쩐 일인지 성과 관련된 질문이 저에게 집중되는 것 같은데, 그냥 그렇게 느껴지는 걸까요?

이 질문의 답은 아주 간단합니다. 아들에게 되도록 빨리 올바른 성 지식을 가르쳐주세요. 여섯 살이나 네 살이라고 해서 너무 이른 것은 아닙니다. 아버지의 남자 성기와 어머니의 여자 성기가 결합해서 수태되고, 태내에서 아기의 씨앗이 자라 엄마의 샅 사이로 태어난다고 말이지요.

혹시 그렇게 하지 않으면 아드님에게 들어갈 성 정보는 다음의 세 가지일 가능성이 큽니다.

(1) 아이들 중에서 자깝스런 친구의 입에서 전해지는 정보. 이는 틀린 게 많을 뿐 아니라 비밀 이야기 같은 은밀함을 동반합니다.

(2) 어른이 읽고 버린 주간지나 잡지 등 미디어로부터 얻는 에로틱한 정보. 이것도 틀린 것투성이고, 게다가 편견이 흘러넘칩니다.

(3) 인터넷의 성인 사이트나 포르노 비디오에 접근. 이것은 문제가 좀 더 심각합니다. 동정일 때부터 얼굴에 사정하는 것이나 배우면 곤란하지 않겠어요?

이 가운데 어느 게 좋은가요? 전부 곤란하다고 생각하면 올바른 성 지식을 정확히 전하는 것이 훨씬 낫습니다. 직접 말하기가 어렵다면, 어린이용 성교육 그림책이나 연령에 따른 책들이 많이 나와 있으니 그걸 읽어주면 되겠지요.

그때 반드시 아빠와 엄마가 서로 사랑해서 섹스를 했다는 것, 섹스는 기분 좋은 행위라는 것, 그리고 너는 이 세상에 환영을 받으며 태어났다는 것을 전해주세요. 섹스란 아이를 만드는 행위라는 사실을 전하세요. 아이를 가질 마음이 없다면 그것을 위한 대책을 제대로 강구하지 않으면 안 된다는 것도요. 어느 경우에나 반드시 상대의 동의가 필요하다는 것, 동의 없는 섹스는 범죄라는 사실도 가르쳐주는 것이 좋겠지요.

올바른 성 지식이 있으면 아드님은 아이들 사이의 틀린 성 정보를 "그건 말이야…"하며 정정해주겠지요. 그리고 아이들에게 존경받을 겁니다. 다소 성가시더라도 올바른 지식보다 나은 건 없습니다. 그것을 위해서는 우선 어머니인 당신이 올바른 성 지식을 가질 것, 그리고 그것을 말하기를 부끄러워하지 않는 것이 중요합니다. 성교육이 정말 필요한 사람은 어른인 경우가 많은 법입니다.

08

아내와의 현장을
딸에게 들켰습니다.

상담자 : 남성, 46세

Q 회사에 다니는 46세 남성입니다.

마흔여섯이나 되어 무척 부끄럽습니다만, 아내와 잠자리를 하는 장면을 중학교 1학년인 큰딸에게 들키고 말았습니다.

얼마 전 일요일에 있었던 일입니다.

딸아이가 친구와 스키를 타러 갔고 저녁때까지 돌아오지 않을 예정이었습니다.

저와 아내의 마음도 풀려 있었지요.

그런데 스키장에 데려다주기로 한 친구네 부모 차가 고장 나고 말았습니다. 그래서 딸아이가 예정보다 빨리 돌아와 저희가 잠자리를 하는 장면을 목격하고 만 것입니다.

그날 이후 딸아이는 저희와 전혀 잡담을 나누지 않게 되었습니다. 말을 걸어도 최소한의 대답만 하는 정도입니다.

그 사건의 영향으로 저 또한 아내와 잠자리를 하지 않게 되었습니다. 나이를 봐도 아내와의 잠자리는 조만간 하지 않게 될 거라고 생각하고 있어서 그것은 별로 신경 쓰지 않습니다만, 문제는 딸입니다.

사춘기인 딸아이는 상당한 충격을 받았을 것입니다. 부모로서 딸의 마음을 치유하려면 어떻게 해야 좋을까요?

무슨 좋은 방안이 있으면 알려주시기 바랍니다.

성교육을 할 절호의 기회일지도 모릅니다.

A 어머나, 요즘 세상에 정말 고전적이고 흐뭇한 고민이네요. 딸이 집에 없을 때 부부가 힘쓰던 현장을 들켜 곤란해 하는 중년 커플이라니요. 그 나이에 사랑도 성욕도 있는 커플이라, 정말 부럽네요.

아내와의 성관계는 그 일을 계기로 갖지 않아도 된다고 했는데 정말인가요? 40대·50대 남성은 아직 비아그라가 필요하지 않습니다. 여성도 옛날부터 '40대가 한창 때'라는 말이 있을 정도입니다. 사랑은 있어도 성욕이 사라진 커플이나 사랑은 없는데 성욕만으로 연결된 커플도 있는데, 사랑도 성욕도 있는 중년 커플로서 인생의 꿀맛을 듬뿍 맛보셔야지요.

집이 좁아서 아이들이 본다고요? 그래서 집에 아무도 없을 때를 노린 건가요? 옛날이라면 같이 사는 시어머니나 장모 때문에 조심스럽다는 고민이 있었는데 지금은 아이가 조심스럽다고요? 주택 사정이 그렇게 안 좋다면 러브호텔을 이용하는 것도 방법입니다.

중학생이나 된 딸은 부모가 뭘 해서 자신이 태어났다는 것 정도는 이미 알고 있을 겁니다. 딸이 충격을 받은 것은 부모가 성적인 분위기를 계속 숨겨왔기 때문입니다. 딸도 앞으로 섹스를 하지 않고 지낼 수는 없을 것이고, 언젠가 그런 일도 있었지, 하며 웃는 날이 오겠지요. 사춘기 딸이 겪은 충격은 일시적인 것인데, 그렇다고 그 나이에 섹스를 그만두다니 너무 아깝습니다.

그런데 딸에게는 어떻게 대응하면 좋을까요. 절호의 기회입니다. 딸에게 성교육을 할 기회가 찾아왔다고 생각하세요. 계기요? 이 〈고민의 도가니〉를 오려서 아내와 딸의 눈에 띄는 곳에 두세요. 딸이 "아빠, 징그러워요!" 하고 말하면 즉각 "아빠와 엄마는 서로 사랑해서 섹스를 했으니까 네가 태어난 거야"라고 말하세요. "너도 조만간 누군가를 사랑하게 되면 섹스를 하고 싶어질 거야"라고 말이에요. 그다음부터 부모 자식 사이의 대화가 겸연쩍다면 책에 맡기세요. 아무렇지 않게 10대용 성교육 책을 놓아두세요. 나카야마 지나쓰(中山千夏)의 《몸 노트(からだノート)》 같은 여자애를 배려한 입문서도 있고, 조금 오래되었지만 여성이 자신의 말로 성 체험을 이야기한 《모어 리포트(モア・リポート)》(1983)는 지금도 추천할 만합니다. 딸에게 읽히기 전에 우선 부부가 읽는 편이 좋겠지요. 실제로 성교육이 필요한 사람은 대개 어른 쪽이니까요. 그러고 보니 무라세 유키히로(村瀬幸浩)의 《성, 자식과 이야기할 수 있습니까?(性のこと'わが子と話せますか?)》라는 책도 있네요.

허리 아래 고민에 답변 드립니다

제2장

가정 밖의
에로스

30대의 남자 친구와
헤어질 수 없습니다.

상담자 : 주부, 70세

Q 70세 주부입니다. 10년 전부터 지금 30대 중반인 미용
사를 만나 사귀고 있습니다.

그는 20대에 점장이 된 능력가로 지금은 여러 점포를 운영하고
있습니다.

처음에는 무척 순진한 청년이어서 정말 좋아했습니다. 일주일
에 한 번 데이트를 하고, 그때마다 옷이나 액세서리를 사주었
습니다. 생일에는 10만 엔이 넘는 선물도 했습니다. 그에게 주
는 선물은 연간 250만 엔에서 300만 엔어치쯤 됩니다.

그에게는 연인이 둘 정도 있었고, 지난 7년여 동안은 아무도 없

었습니다. 혼자 융자로 아파트를 구입해 살고 있는데, 아무리 부탁해도 집에 데려가주지 않습니다.

또한 차가 고장 났다고 해서 27만 엔을 빌려주었는데 월급날 조금씩 갚겠다고 하고는 모른 체하고 있습니다. 우리는 키스까지만 하는 관계이고 그 이상은 하지 않습니다.

저에게는 70대의 멋진 남편이 있고 그 밖에 아무것도 바라는 게 없는데 그 남자 친구는 무척 아름다워서 보고 있으면 마음이 설렙니다. 지금은 한 시간 반쯤 걸려 그의 미용실에 매주 한 번씩 다니고 있습니다. 전화도 해주지 않고 쇼핑만 가고 싶어 해서 불만이 아주 많은데도 헤어질 수가 없습니다. 저와 그 사이에 이미 친밀함이 생겨서 그가 거절하지 않는 한 도저히 끊을 수가 없습니다.

저는 50대로 보입니다. 역시 이런 남자와는 헤어지는 편이 낫다고 생각은 하지만, 어떻게 하면 좋을까요?

애완동물이라고 생각하면
화도 나지 않을 겁니다.

A 《너는 펫》이라는 만화가 있습니다. 20대 후반 커리어우
먼이 집으로 굴러든 젊은이를 애완동물처럼 키운다는
이야기입니다.

당신은 70대, 상대는 30대. 이렇게 나이 차이가 나는 이성의 애
완동물을 키울 수 있다니. 남녀가 반대라면 또 모르겠지만 정말
부러운 이야기가 아닐 수 없습니다. 상대를 애완동물이라고 생
각하면 화도 나지 않을 겁니다. 주부라고 했는데 연간 애완동물
에게 쓰는 돈이 200만 엔, 300만 엔이나 되다니 부럽기 짝이 없
습니다. 애완동물은 먹이를 주는 동안만 주인집에 붙어 있습니
다. 당신은 그걸 알고 있기 때문에 먹이에 드는 비용을 아까워
하지 않는 겁니다. 비단잉어에 수백만 엔이나 되는 돈을 쓰는
사람도 있고, 보험이 안 되는 애완동물의 의료비에 수십만 엔이
나 쓰는 사람도 있으니까 유지비가 좀 많이 드는 애완동물이라
생각하면 되겠지요.

애초에 애완동물은, 보고 즐기며 옆에 두고 기뻐하는 것 외에
아무 도움이 안 됩니다. 애완동물에게 보답을 바란다고 해도 헛
될 뿐입니다. 당신이 성관계를 요구하는 것도 아니고, 지금의
결혼 생활을 끝내고 그와 재혼하고 싶은 것도 아니며, 이따금
만나 그의 아름다움을 즐기고 머리 손질이나 미용 서비스를 받

는 데 그만큼의 돈을 쓴다고 살림이 파탄 나는 것도 아닙니다. 사채에 손을 대는 것도 아니고 남편과 말썽을 일으키지도 않고 이 관계가 생활에 윤기를 가져다준다면 그만둘 이유는 하나도 없습니다. 게다가 상대방은 키스 이상의 관계를 가지려 하지 않고, 연인이 있는 것도 감추지 않고, 자신의 집에 초대하지도 않고, 결혼을 내비쳐 당신에게 쓸데없는 기대를 갖게 하는 것도 아니고, 호스트처럼 한정 없이 돈을 뜯어내 당신을 경제적 파탄으로 몰아가는 것도 아니고, 그 정도면 뜯어내는 돈의 액수도 도를 넘지 않기 때문에 '혼인 빙자' 사기도 아닙니다.

그런데도 당신은 괴로워하고 있는 거죠? 이런 관계는 그만두는 게 낫다고 말이에요. 당신은 아마 상대에게 보상을 요구하고 싶어졌나 봅니다. 쓴 돈을 그렇게 일일이 기억하고 있는 것은 그것이 투자라고 생각해서일 겁니다. 투자라는 것은 회수를 기대하는 돈입니다. 그런데 당신은 그에게서 무엇을 회수하고 싶은 거죠? 섹스? 애정?

애완동물을 키우는 주인이 되기 위한 조건은 억제와 관용, 즉 지배자로서의 덕입니다. 이런 것들을 갖추지 않는다면 주인이 될 자격이 없습니다.

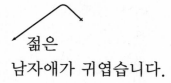

10

젊은
남자애가 귀엽습니다.

상담자 : 병원 근무, 여성, 45세

Q 45세 기혼 여성이며 직장 생활을 하고 있습니다.
최근 들어 젊은 남자애가 귀여워서 미치겠습니다.
대학생과 고등학생인 두 딸의 남자 친구들도 그렇습니다. 제
직장은 병원 접수처인데 환자가 좀 멋지면 금세 말을 걸기도
합니다. 지금은 환자들도 특별히 싫어하는 것 같지 않아서, 그
만큼 더 이야기를 나누고 싶어집니다.
연예인 중에서도 아이돌 그룹 아라시(嵐)*나 탤런트 무카이 오

---

* 오노 사토시(大野智), 사쿠라이 쇼(櫻井翔), 아이바 마사키(相葉雅紀), 니노미야 가즈나리
(二宮和也), 마쓰모토 준(松本潤), 이 다섯 명으로 구성된 일본의 남성 아이돌 그룹.

사무(向井理)를 좋아하는데 그들이 나오는 프로그램은 반드시 녹화해서 몇 번이나 봅니다. 담당 미용사를 만나고 싶어 단골 미용실에 가는 횟수도 늘어나는 지경입니다.

거울을 보면 입에 발린 말로라도 예쁘다고는 할 수 없는 제 얼굴에 실망합니다. 하지만 젊은 남자애와 차라도 마실 수 있다면 얼마나 즐거울까 하는 망상은 커져만 갑니다.

옛날에는 남자에게 전혀 흥미가 없었고 지금도 남편과는 오랫동안 섹스리스 상태입니다. 하지만 부부 사이는 무척 양호합니다.

이대로 가면 젊은 남자애에게 정말 차를 마시자고 할 것 같아 두려워집니다. 냉정을 가장하면서도 젊은 남자애와 이야기를 나눌 수 있는 기회를 항상 생각하고 있습니다.

이런 감정은 나이가 들면 서서히 옅어지는 걸까요? 아니면 커지는 걸까요?

어떻게 해야 좋을까요? 아무쪼록 좋은 조언을 부탁드립니다.

재미있는 아주머니 역할이라면 괜찮습니다.

A 77세가 된 제 친구는 아라시의 열렬한 팬입니다. CD나 DVD를 구입하는 것은 물론이고 콘서트에도 쫓아다닙니다.

자신이 늙었다는 것을 느끼면 남녀를 불문하고 젊은 사람들의 싱싱함이 눈부시게 보입니다. 무의식중에 젊은 아가씨를 꾀고 싶어 하는 아저씨들과 마찬가지로 젊은 남자애에게 말을 걸고 싶어 하는 아주머니의 마음도 이해할 수 있습니다. 저도 눈앞에 있는 학생들의 반들반들하고 탱탱한 피부를 미치도록 만지고 싶어 손을 억누르느라 필사적이었는걸요.

젊은 남자애를 불러내고 싶다? 전혀 문제될 게 없습니다. 그런 감정은 나이가 들면 옅어진다고요? 천만에요. 점점 강해질 겁니다. 젊은 애는 자신에게 이익이 된다면 권유에 응하겠지요. 안 된다고 말할 수 없는 아저씨의 성희롱과 달리, 젊은 남자는 싫으면 안 나오면 그만입니다.

모르는 세계를 가르쳐준다거나 먹어본 적이 없는 것을 사줄 수도 있습니다. 젊은 남자애가 눈앞에서 기세 좋게 밥을 먹는 모습을 완상하는 것은 즐거운 일인걸요. 그런 즐거움을 위해 제 돈을 들여 맛있는 것을 사줘도 좋다고 생각할 정도로요. 이것은 바로 아저씨의 즐거움과 같은 것이지요. 이 정도는 자신에게 허락해도 상관없습니다.

다만 상대가 자신을 이성으로 보고 있을 거라는 착각만은 하지 말아야 합니다. 그렇게 되면 아저씨들의 착각과 같아집니다. 예쁜지 아닌지 상대는 신경 쓰지 않습니다. 세대가 다른 친구, 그것도 대화가 즐거운 아주머니 역할을 할 생각이라면 거리낌 없이 말을 걸기도 하고 차를 마시기도 하고 그러세요.

그러다 보면 상대도 좋아하는 축구팀 경기를 보러 가자고 한다거나 컴퓨터를 가르쳐준다거나 할지도 모릅니다. 다른 문화 체험은 서로 재미있게 느끼는 법입니다. 딸밖에 없는 당신이라면 아들이 생긴 듯한 체험도 할 수 있을 거고요.

하지만 묻지도 않았는데 "남편과는 섹스리스"라고 쓴 점은 마음에 걸립니다. 무슨 일이 있어도 남편과의 관계에 대한 보상을 바라서는 안 된다는 것입니다. 지금까지 남성에게 흥미가 없었고 연애 면역이 없는 중년 여성이 젊은 남자에게 빠지면 타격이 크니 아주 조심해야 합니다.

세대 차가 큰 친구 관계의 비결은, 자신이 상대에게 준 것은 절대 돌아오지 않는다고 체념하는 것입니다. 돈도 에너지도 시간도 모두 자기가 부담하며 관대하고 이야기가 통하는 아주머니로 일관할 생각이라면 친구 관계는 만족스럽게 펼쳐질 것입니다.

11

무대 위의
이성에게 빠집니다.

상담자 : 여성, 30세

Q 30세 여성입니다.

저는 이성에 대한 두려움이 커서인지 텔레비전에 나오거나 무대 위에 있는 사람만 사랑하게 됩니다.

고등학교에 다닐 때 어떤 밴드의 라이브 공연에 다니게 되었고 멤버 중 한 사람을 좋아하게 되었습니다. 라이브 공연에 다니기 위해 아르바이트를 하고 예쁘게 차려 입는 나날을 보냈는데, 대상은 바뀌었지만 그런 생활이 요즘도 이어지고 있습니다. 연예인에게 편지를 쓰고 선물도 합니다.

제가 그 사람과 "사귀고 싶다"고 말하면 주위 사람들은 "현실로 눈을 돌려라" 하며 타이릅니다. 하지만 친구의 말에 따르면, 제가 이성과 이야기를 할 때 "시비조로 말을 한다"고 합니다. 저로서는 긴장해서 말투가 어색해진다고 느낄 뿐인데도 말이지요.

초등학생 같은 저를 좋아해줄 사람은 무척 드물 거라고 오랫동안 생각해왔기 때문에 누군가가 좋아져도 한 발 물러서고 맙니다.

어렸을 때 늘 같이 노는 친구들은 남자애들에게 인기가 있었습니다. 하지만 저는 뚱뚱해서 '호박'이라는 말을 들은 기억이 있습니다. 그런 경험 이후 저는 그때까지 아무렇지 않게 대했던 이성과도 전혀 이야기를 나눌 수 없게 되었습니다. 지금은 이성 친구도 거의 없습니다.

이대로 무대 위의 존재를 계속 사랑하면 평생 독신으로 살겠구나 싶어 막연한 불안감과 쓸쓸함을 느낍니다.

남자는 있어도 좋고
없어도 좋습니다.

A 당신은 이대로라면 루저로 평생 혼자 살게 될지도 모르겠다고 고민하고 있군요.

괜찮습니다. 루저의 대선배, 원조 독신인 제가 보증하니 아무런 걱정을 할 필요가 없습니다. 지금까지 30년간 남자 없이 살아온 당신은 앞으로의 30년도 남자 없이 살아갈 수 있겠지요. 당신에게는 30년간 '없이 살아온' 실적이 있으니까요. 그 무렵이 되면 당신의 친구들도 대부분 혼자가 되어 있겠지요. 결국 사람은 자신에게 필요 없는 것은 바라지 않는 법입니다.

밴드의 멤버를 좋아한다고요? 괜찮아요. '무대 위의 그'는 환영이니 마음껏 돈을 쏟아 부으세요. "사귀고 싶다"고요? 요즘 젊은이들 말로 '사귄다'는 것은 섹스를 한다는 뜻인데, 상대가 정말 '사귀자'고 하면 어떻게 할 건가요? 침대로 들어갈 생각인가요? 그만두세요. 팬을 가지고 노는 자기중심적인 남자에게 환멸을 느낄 게 뻔하니까요.

대체로 가수나 스포츠 선수는 무대 위에 있으니 아우라가 있는 겁니다. 무대에서 내려오면 평범한 사람일 뿐입니다. 오히려 평범한 사람도 못 되는 경우도 있습니다. 당신은 그의 아우라에 끌린 거니까 무대에서 내려온 그는 딴사람이라고 생각해야 합니다.

게다가 탤런트나 스타에 대한 동경은 언젠가 싫증나는 때가 찾아오는 법입니다. 싫증이 났을 때 상대를 갈아타는 데 위험이 없고 비용이 들지 않는 것도 연예인을 쫓아다니는 사람이 누리는 장점입니다. 그 사람이 진짜 남자였다면 헤어지기 위한 위험도 크고 비용도 많이 들 겁니다.

그보다는 당신이 하는 일에 대해 한마디도 쓰지 않았다는 점이 마음에 걸립니다. 30세라면 슬슬 결혼을 예정에 넣지 않은 인생을 설계할 나이입니다. 착실히 직장 생활을 하고 연금을 꼬박꼬박 넣고 대출을 받아서 작아도 자신의 집을 확보하고 동성 친구들을 소중히 하며 혼자 사는 생활의 발판을 만드세요. '결혼하려는 노력' 같은 건 하지 않아도 좋은 생활 기반을 만드는 겁니다. 남자는 있어도 좋고 없어도 좋습니다. 있는 게 좋은 남자도 있지만 차라리 없는 게 나은 남자도 있습니다. 자기도 모르게 '시비조'가 되는 것은 상대를 너무 의식하고 있다는 증거입니다. 친구가 되어도 좋고 되지 않아도 좋다고 생각하면 자연스럽게 어깨에서 힘이 빠지고 이성과도 가까워질 수 있을 겁니다.

12

33년 전에 헤어진
연인과 재회했습니다.

상담자 : 주부, 50대

Q 50대 주부입니다.

33년 전에 헤어진 연인과 재회했습니다. 저희는 결혼을 할 생각이었지만 젊었고 마음이 엇갈리기도 해서 결국 저는 다른 사람과 결혼하고 멀리 떠났습니다. 남편은 그를 알고 있지만 제가 지금도 그 사람 생각을 하고 있다는 것은 모릅니다. 아이들도 독립해서 부부 둘만이 아무 탈 없이 행복하게 살고 있습니다.

하지만 저는 그를 잊지 못했습니다. 12년 만에 고향에 돌아갔을 때 연락을 했습니다. 그도 순수하게 기뻐했고 학창 시절처럼 마음껏 웃으며 추억담을 나누느라 순식간에 여섯 시간이 지나갔습니다.

서로 행복한 결혼을 했고 입장도 잘 알고 있기 때문에 아무에게도 상처주지 않고 마음속으로만 생각하기로 했지만 언젠가 다시 만날 수 있기를 서로 바라고 있습니다.

이성이라기보다는 육친처럼 뭐든지 말할 수 있고 서로 이해해줄 수 있는 파트너 같은 존재입니다. 저희는 서로의 삶이 신선해지고 다정한 마음이 되며 각자의 일에도 격려가 됩니다. 멀리 떨어져 있어서 만나지 못하기 때문에 이따금 이메일이나 전화로 근황을 알리기로 약속했습니다. 가족을 사랑해온 제가 이런 마음을 가져 다정한 남편에게는 미안합니다. 서로의 배우자를 배신하는 걸까요? 제가 반대 입장에 처했다면 기분이 좋지 않을 겁니다. 그 남자와 제가 조금씩 멀어지는 것이 나을까요?

세월이 가져다 준
선물이라 생각하세요.

A 예전의 연인과 재회해서 좋았겠네요. 33년이란 정신이
아찔해질 만큼 긴 시간입니다. 보통은 상대의 변한 모습
에(자신의 변화는 생각하지도 않고!) 실망하는 법인데, 서로에게 실
망하지 않고 옛날처럼 마음이 통했다는 것은 정말 부러운 일입
니다.

남편을 사랑하고 가정을 사랑하고 33년간 자신의 과거를 사랑
하는 당신에게 새로운 만남이 있었다고 해서 왜 그것을 '배신'
이나 '미안'한 일이라는 무서운 말로 불러야 할까요? 당신이
'반대 입장'에 놓여 있다면 당신은 남편을 비난할 수 있나요?

인생의 황혼에 만남이나 재회가 있다는 것은 은총이라고 해도
좋지요. 이제 와서 새로 가정을 꾸린다거나 남편을 갈아치우려
는 것이 아니라면 친한 친구 한 사람이 늘었다고 생각하면 됩니
다. 결혼한 여자는 이성을 친구로 두어서는 안 된다고 누가 정
했나요? 인구의 절반은 이성입니다. 친구 관계에서 그 절반을
배제하기란 너무 아깝습니다.

아이를 다 키우고 나서의 긴 노후에는 다시 한 번 남녀 공학에
서 만나는 듯한 친구 관계가 생겨도 상관없습니다. 친구가 이성
일 뿐입니다.

게다가 친한 친구가 생겼다고 해서 오랜 친구에게 일부러 보고

할 의무는 없으니 남편에게 말할 필요도 없겠지요. 당신이 기분 좋고 행복하게 지내는 것이 서로에게 무엇보다 좋은 일이니까요.

아내가 노후에 맞이한 풍부한 친구 관계를 질투하거나 방해하는 남편이 속 좁은 사람인 것처럼 만약 '반대 입장'에서 당신이 이성을 포함한 남편의 친구 관계를 방해한다면 역시 속 좁은 사람이겠지요. 설마 자신만 있으면 남편이 충분히 행복할 거라고 생각할 만큼 오만하지는 않겠지요?

그건 그렇다 치더라도 한두 번의 재회로 마음이 들뜨거나 하지는 않을 겁니다. 33년의 시간은 서로를 확실히 바꿔놓았을 테니까요. 좀 더 차분히 만나보면 서로가 몰랐던 생활의 앙금이나 변화를 알게 될 겁니다.

그런 바탕 위에 배양된 성숙한 우정이라면 세월이 가져다 준 선물이라 생각하고 그 깊은 맛을 즐기세요. 그리고 자신이 그렇게 풍부한 경험을 맛볼 수 있다면 남편에게도 같은 경험을 맛보게 해줄 생각이 들겠지요.

13

가정 밖에 좋아하는
사람이 있어도 쓸쓸해요.

상담자 : 기혼 여성, 40대.

Q 40대 후반으로 남편과 두 딸이 있으며 풀타임으로 일하
  고 있습니다.

둘째 아이를 출산하고 나서부터 남편은 그저 동거인이 되었고,
평범하게 살고 있지만 손도 잡지 않습니다.

얼핏 평범한 가정으로 보이겠지만 서로에게 애정 같은 건 없
고, 아마 동정이나 연민도 없을 겁니다. 하지만 이대로 시간이
지나가겠지요.

제게는 9세 연상의 연인이 있는데 예전 동료입니다. 지금은 근
무처가 다릅니다만 혼자 임지에 가 있어 문자메시지도 비교적

자유롭게 할 수 있습니다. 이리저리 핑계를 대면서 한 달에 한 번쯤 만나고 있습니다.

그도 아내에 대한 애정이 완전히 식은 것 같지만 아이들 때문에 아마 이혼은 하지 않을 거고 할 수도 없을 거라고 생각합니다. 저를 무척 소중히 여겨주고 생일 선물도 잊지 않고 주고 출장을 가게 되면 뭐라도 작은 선물을 사다줍니다. 자상하고 현명한 사람입니다. 8년을 사귀고 있는데 그는 저에게 자신이 할 수 있는 최선을 다하고 있다고 생각합니다.

하지만 저는 무척 쓸쓸합니다. 앞으로도 지금 같은 관계가 계속 이어지겠지요. 이혼하고 그와 결혼하고 싶은 것은 아닙니다. 이대로 있는 게 더 편할 정도입니다. 좋은 것만 보여주고 자신에게 이익이 되는 부분만 취할 수 있으니까요. 하지만 쓸쓸합니다. 경제적인 걱정도 없고, 다행히 지금은 모두 건강해서 아무 걱정이 없습니다. 그래도 연애 때문에 계속 고민하는 인생 같다는 생각이 듭니다. 이 쓸쓸함은 어쩔 수 없는 건지, 꼭 우에노 선생님의 의견을 듣고 싶습니다.

연애를 하니까
고독을 맛보는 겁니다.

A 지명해주어서 영광입니다. 저는 불륜이라는 말을 싫어하니 혼외 연애라고 부르겠습니다.

네, 혼외 연애는 고독합니다. 누구에게도 말할 수 없는 연애는 고독할 게 뻔합니다. 당신은 남편에게 비밀로 하는 일이 있고 연인에게도 모든 걸 맡길 수가 없어 혼자 떠안을 수밖에 없겠지요. 그 '쓸쓸함'을 견딜 수 없다면 혼외 연애는 그만두세요. 혼외 연애란 절도 있는 어른만의 특권이니까요.

다행히 당신의 연인은 그런 어른 자격을 갖추고 있는 사람 같네요. 밀회는 '한 달에 한 번'으로 부담 없게, 생일도 잊지 않고, 출장을 갔다 오면 '작은' 선물도 주는, "자신이 할 수 있는 최선"을 다한다는 것은 '그 이상의 것은 하지 않는다'는 절도 있는 사람이라는 의미지요. "자상하고 현명한 사람"이라는 당신의 관찰은 도를 넘지 않는 상대의 그런 분별력을 가리키는 것일 테고, 당신은 그 절도에 조바심이 드는 것이겠지요. 그렇게 했기에 8년이나 이어질 수 있었는데도 말이지요.

그 쓸쓸함을 견딜 수 없으면 서로에게 비밀이 없는 단순한 관계를 택해야 합니다. 가정을 깨고 연인을 남편으로 선택하거나 해야지요. 아마 그는 거기에 응하지 않을 거고, 설사 그렇게 된다고 해도 출발점으로 돌아가는 것일 뿐입니다. 당신을 기다리고 있는 것은 쓸쓸함 대신 실망이겠지요.

당신이 고민하는 것은 '연애'가 아닙니다. 결혼이나 가정을 목표로 하지 않는, 서로를 독점할 생각이 없는 어른의 연애는 반드시 고독을 거느리고 옵니다. 사람은 고독을 달래기 위해 연애하는 것이 아니라 연애를 하니까 무슨 일이 있어도 타인에게 내맡길 수 없는 고독을 마음속 깊이 맛보는 것입니다. 그렇기에 짧은 만남이 어둠속의 별처럼 빛난다는 것을 당신은 아직도 모르는 건가요?

"이 쓸쓸함은 어쩔 수 없는 건지"라고 쓴 당신은 사실 이미 답을 알고 있습니다. 네, 어쩔 수 없는 일입니다. 고독은 당신 인생의 윤곽을 뚜렷하게 합니다. 아마 당신의 남편도 고독할 겁니다. 남편을 사랑하지 않아도 좋으니 소중히 대해주세요. 연인에게도 그의 아내를 소중히 여겨달라고 말해주세요(아마 진작 그렇게 하고 있겠지만). 그리고 고독한 영혼이 서로 끌리는 관계가 8년이나 이어지고 앞으로도 이어질 행운을 마음속 깊이 맛보세요.

14

전 여자 친구인
'친구'와 결혼하고 싶습니다.

상담자 : 남성, 27세.

Q 올봄, 두 번째 취직을 한 27세 남성입니다. 지금, 몇 년 안에 '결혼'하고 싶은 여성이 있습니다. 상대는 학창 시절에 사귀었던 전 여자 친구입니다.

2년 전에 재회하여 두 번째 관계를 한창 만들어가고 있는 중입니다. 상대에게는 연인이 있지만 헤어질 것을 검토하고 있고, 저에게 아주 마음이 없는 것도 아닌 것 같습니다.

저는 '연인'보다 '사랑을 전제로 한 친구'와 결혼하고 싶다는 결혼관을 갖고 있습니다. 제 부모님은 연애결혼을 했는데 어머니에게 엄청난 바람기가 있어 제가 중학생 때 이혼한 것이 저에게 많은 영향을 끼쳤습니다. '연인은 사랑이 식으면 그걸로 끝, 하지만 친구는 사랑이 식어도 친구니까 평생 관계가 계속 될 것'이라는 것이 제 결혼관의 근거입니다.

사회인이 되고 나서는 위에서 말씀드린 일들을 의식하며 여성과 사귀어왔습니다. 그 결과 무척 편하고 친구 같은 전 여자 친구에게 돌아간 것입니다.

다만 사이좋은 친구(여성) 몇 명에게 제 생각을 말해도 모두 이해할 수 없다고 합니다. 게다가 최근에 여행지나 다시 취직한 회사에서 새로운 여성과의 만남이 있었는데, '나는 여성을 아주 좋아해서 마음 편한 전 여자 친구와 결혼해도 잘 안 되는 게 아닐까' 두렵습니다.

그렇지만 한시바삐 전 여자 친구를 지금의 연인에게서 빼앗아 결혼을 하고 싶은 초조한 마음도 있습니다. 어떻게 하면 좋을까요?

당신의 결혼관을
그녀도 공유하고 있나요?

A 연애는 비일상, 결혼은 일상입니다. 연애로 시작된 결혼에는 연애를 우애로 변환시키는 연착륙이 필요합니다. 하지만 그러한 변환은 활활 타오르는 원자로를 냉각장치를 가동하여 멜트다운 시키지 않고 식히는 일만큼이나 어렵다고 합니다. 아무튼 '결혼은 인생의 무덤'이라는 결혼관마저 있을 정도니까요.

지방의 한 결혼식장에서 "최후의 사랑이 시작된다"는 포스터를 보고 쓴웃음을 지은 적이 있습니다. 연애의 두근거림과 설렘은 뇌 안에서 도파민이 방출되는 비일상적인 쾌감입니다. 그 쾌감은 버릇이 됩니다. 젊을 때 연애를 좋아했던 사람은 그 후에도 평생에 걸쳐 연애를 좋아합니다. 결혼했다고 해서 그것이 '최후의 사랑'이 되는 일은 일단 없겠지요.

네, '연인'보다 '사랑을 전제로 한 친구'와 결혼하고 싶다는 당신의 결혼관은 무척 견실하고 현실적입니다.

아무래도 어머니의 바람기가 당신의 트라우마가 된 것 같네요. 저는 '바람'이 아니라 '혼외 연애'라고 부릅니다만, 결혼 전에도, 결혼 후에도, 결혼 밖에도 연애가 있는데 결혼 중에만 연애가 없는 것 같습니다. 이것이 연애결혼의 영원한 역설입니다.

문제는 당신의 결혼관을 그녀가 공유해주느냐입니다. 서로 '결혼은 연애가 아니라 우애의 선물'이라는 합의가 가능하면 괜찮지만, 그녀가 '결혼은 연애의 연장'이라는 결혼관을 갖고 있으면 곧바로 당신과의 결혼에 환멸을 느끼고 다른 연애 대상을 찾겠지요. 상대를 바꾸고는 환멸을 거듭하는 비용을 지불하고 싶지 않다면 결혼은 결혼, 연애는 연애라며 결혼 밖에서 연애의 상대를 찾을 수밖에 없겠지요. 이런 여성을 아내로 두면 아내의 혼외 연애를 수용할 수밖에 없습니다. 당신은 그것을 두려워하는 것이겠지요. 자신도 그럴지 모른다는 두려움도 있고요.

그렇다고 하더라도 전 여자 친구에게는 지금 연인이 있습니다. 그 연인으로부터 전 여자 친구를 다시 빼앗으려는 당신은 딜레마에 빠져 있습니다. 탈환에는 비일상적인 에너지가 필요하고, 그것은 연애에 가깝기 때문입니다.

하지만 우애가 있다면 괜찮습니다. 연애는 배타적이지만 우애는 제삼자를 배제하지 않습니다. 좋아하는 사람에게 친구가 한 사람 늘었다고 해서 일일이 질투하지 않을 정도의 우애가 있다면 안심하고 그녀를 선택하세요. 연애 같은 것 때문에 우리의 우애는 무너지지 않는다고 믿고 말이지요.

15

'혼외 연애'는
눈속임 말입니다.

상담자 : 학생, 19세.

Q 19세 학생입니다. '혼외 연애'에 대해 묻겠습니다.

이 네 글자는 '불륜'의 에두른 표현으로, 패륜 행위에 대한 죄책감이나 묘한 미의식에서 생겨난 평계에 지나지 않습니다. 이 말을 긍정적으로 받아들이는 사람이 있다는 데에 의문을 느낍니다.

결혼이라는 제도·계약에 소녀 같은 환상을 품고 있는 것은 아닙니다. 그러나 계약은 계약입니다. 배우자와의 관계가 원만하지 못하거나 지쳐서 다른 상대와 기분전환을 하고 싶다면 하나의 관계를 청산하고 나서 다음 관계를 시작하는 것이 연애뿐만 아니라 인간관계의 규칙이 아닐까요?

하나의 가정을 갖고 사랑할 책임이나 가족을 지킬 의무를 지고 있으면서 서로 큰 위험을 감수할 필요가 없는 누군가와 비일상을 즐긴다는 것은, 연애나 결혼이라는 관점에서가 아니라 인간의 행위로서 봐도 등골이 오싹해지는 생각입니다.

윤리라고 하면 진부하게 들립니다만, 법률이나 학교에서 배운 도덕과도 관계없는 회색 지대가 넓고 깊어 다 이해하기 힘들지만, 요즘 사람들은 그래도 넘어서는 안 되는 선을 긋는 노력에서 도피만 하는 게 아닐까요? 저희 부모님은 저나 자매가 성인이 되면 즐거운 노후를 만끽하겠다고 말하는데, 저는 "불륜만은 저지르지 마세요"라고 말했습니다. "할 거라면 제대로 이혼을 하든가 상대한테 말하세요"라고도요. '혼외 연애'에 긍정적인 의견을 갖고 계신 분께서 답변해주시기 바랍니다.

지킬 수 없는 계약은
애초에 부자유입니다.

A "혼외 연애에 긍정적인 의견을 갖고 있다"고 여겨지는 제게 질문이 들어왔군요. 젊고 싱싱한 분노와 결벽이 전해집니다. 당신의 분노는 지당합니다. 당신의 분노는 계약을 했는데 그 계약을 아무렇지 않게 파기해버리는 어른들을 향하고 있습니다.

근대사회에서 결혼은 성인이 된 시민 사이의 계약입니다. 그중에는 상호 부양 의무 외에 계약자 이외의 사람과는 섹스를 하지 않는다는 항목이 포함되어 있습니다. 계약을 맺지 않은 제삼자와 섹스하면 계약 파기(이혼)의 사유가 되고 상대에게 손해배상을 청구할 수 있는 법적 근거가 된다는 점에서 결혼 계약에 그 항목이 포함되어 있다는 것을 알 수 있습니다. 그러므로 저는 결혼을 이렇게 정의합니다.

'단 한 사람의 이성에게 배타적 또는 독점적으로 자신의 신체를 성적으로 사용할 권리를 평생에 걸쳐 양도하는 일.'

이 계약을 지킬 수 있습니까? 기혼자 중에는 아무렇지 않게 계약을 위반하는 사람들도 있고, 처음부터 지킬 수 없는 것이라며 허투루 보고 계약을 맺은 사람도 많은 것 같습니다. 당신은 그것을 용서할 수 없는 거죠? 전적으로 동감합니다. 적어도 저는 무서워서 그런 계약은 맺을 수 없습니다. 약속해도 지킬 수 있을 것 같지 않아서 한 번도 약속하지 않았습니다. 이 얼마나 고지식한 사람일까요(웃음).

지킬 수 없는 그런 계약을 사회의 기초로 삼고 성립한 근대사회가 이상하다고 생각하나요? 이 수수께끼를 풀고 싶다면 젠더 연구를 해보세요.

그런데 계약 위반인지 아닌지를 판정하는 '선'이란 뭘까요? 배우자 이외의 이성과 차를 함께 마시는 것은 괜찮겠지요? 식사는요? 키스는요? 침대에 들어가는 것은요? 섹스에 연애 감정이 수반되지 않으면 용서할 수 있나요? 섹스를 안 해도 연애 감정이 수반되는 것이 더 용서되지 않는다고요? 그럴 때마다 배우자에게 허가를 얻거나 보고를 해야 하나요? 허락한다, 허락하지 않는다며 타인의 감정이나 욕망을 통제할 수 있다고 생각하다니, 이 얼마나 부자유한 계약일까요? 들으면 들을수록 지킬 수 있을 것 같지 않습니다.

네, 계약을 위반한 사람들에게는 당연히 계약을 파기하게 해야지요. 그것이 당신이 납득할 수 있는 해결책이니까요.

애초에 섹스 상대를 국가에 등록해서 계약을 맺을 필요가 없다고 생각하지 않나요? 그러면 '혼외 연애'도 '불륜'도 없어집니다. 등록은 부모 자식 관계로 충분합니다. 이것이 당신의 물음에 대한 근본적인 해결책입니다.

허리 아래 고민에 답변 드립니다

제3장

버리고 싶은 남편,
그만 두고 싶은 직장

16

배려 없는
남편 때문에 힘듭니다.

상담자 : 주부, 30대

Q 30대 여성입니다. 계속 답답해하고 있습니다. 출산할 때
까지 17년간 정규직으로 일했습니다.

직장에서는 복사용지나 잉크 등이 떨어질 것 같으면 보충해두
었습니다. 종이 수거하는 날에는, 사람들이 모아놓은 골판지나
팸플릿을 잊지 않고 아침 일찍 수거 장소에 내놓았습니다. "생
각이 미치지 못해 죄송해요" 하며 도와준 후배들은 제가 솔선
수범하자 자연스럽게 성장해나갔습니다.

출산 후에 일을 그만두고 가정으로 돌아왔습니다. 하지만 재활
용 쓰레기 버리는 날에 제가 캔이나 병을 분류하거나 신문을

모으거나 해도 남편은 절대 도와주지 않습니다.

끝내는 "직장에서도 일부러 도와달라고 말하러 오는 놈이 있다니까. 일부러 말하러 올 시간에 알아챈 놈이 알아서 하면 되지 말이야, 화나게" 하고 말해 어안이 벙벙했습니다. 집에서도 남편은 화장실 휴지나 샴푸 같은 걸 보관해둔 곳도 모릅니다. 당연하다는 듯이 "알아챈 사람이 손해지. 그게 싫으면 알아채지 못한 척하면 되잖아" 하고 말합니다.

너무 슬픕니다. 앞으로 아이를 키워나갈 텐데 생각이 너무 달라서 자신이 없어졌습니다. 남편은 직장에서도 배려할 줄 모르는 사람이라는 걸 알고 나니 더더욱 견딜 수가 없습니다. 남편은 자원봉사 자체를 부정하는 사람입니다. 어떻게 하면 남편이 자발적으로 움직이게 될까요?

'반품'하거나
재교육하세요.

A 당신의 고민은 쓰레기 문제가 아니라 다른 데 있는 것
같군요. 직장에서 후배들이 당신을 보고 배운 것은 당신
이 선배이기 때문입니다. 상사는 보고 배우던가요? 귀찮다고
생각하면서도 입 밖에 내지 않았을 뿐이었는지도 모릅니다.
당신이 정말 걱정하는 것은 '배려할 줄 모르는 남편'과 태어날
아이를 앞으로 함께 키워나갈 수 있을까 하는 문제 아닌가요?
하나를 보면 열을 안다고 했습니다. "알아챈 쪽이 손해"라는 남
편은 아이를 키우는 아내의 고생을 모를 거고, 아이가 학교에
가지 않고 방에만 틀어박혀 있어도 모를 거고, 부모님을 보살펴
야 하는 부담이 생겨도 알아채지 못하고 지낼 것입니다. 결혼
전에 그런 사람인 줄 몰랐나요? 정말 경솔했네요.
답은 둘 중 하나입니다. 불안이 현실이 되기 전에 선택을 바꾸
거나(그래도 남편은 반품할 수 있지만 아이는 반품할 수 없지요), 아니면
남편은 타인이니 철저하게 말로 전해야 알아먹는 둔감한 동물
이라고 생각하고 입이 닳도록 계속 요구해야 합니다. 남편을 갈
아치우지 않고 재교육할 수도 있습니다. 그러나 상대가 '자발적
으로 움직이게' 되리라는 기대는 하지 말아야 합니다.
그러는 동안 부부 사이의 말썽은 끊이지 않을 것이고 서로의 관
계는 험악해지겠지요. 말해도 말해도 계속 무시하다가 시끄럽

다고 화를 내기라도 한다면 그때는 당신도 진심으로 화를 내고 부부 관계를 끝내버리면 됩니다. 그때까지 인내의 한계치를 높일 건가요? 그렇게 너덜너덜해질 때까지 지금의 남편에게 당신의 에너지를 투자할 가치가 있을까요?

일본의 아내는 옛날부터 부부 사이에 풍파를 일으킬 바에는 차라리 '알아챈 내가 잠자코 모든 걸 하는 게 빠르겠지' 하고 생각하며 온힘을 다해왔습니다. 쓰레기 분리수거를 둘러싼 당신의 고민은 너무나도 전통적인 일본 아내의 고민이어서 제가 오히려 깜짝 놀랐습니다.

자녀 양육은 그 사람의 삶의 태도를 시험하는, 속임수가 통하지 않는 가장 중요한 국면입니다. 양육을 계기로 남편을 변하게 하세요. 그러려면 당신이 노력해야 합니다. 노력에 효과가 없으면 남편을 단념하세요. 그것도 아주 엉망진창이 되기 전이 좋겠지요. 썩은 사과는 한 입만 베어 물어도 알 수 있다고 하니까요. 그건 그렇고 17년이나 일 해온 정규직 자리를 내놓은 것은 정말 아깝네요. 남편을 반품할 자유가 없어지니까요.

17

일하지 않는 남편을
갱생시키고 싶습니다.

상담자 : 육아휴직 중, 여성, 31세

Q 현재 육아휴직 중인 31세 여성입니다. 올가을에 둘째 아이가 태어나는데 26세인 남편은 일을 안 하고 첫째 아이도 돌보지 않아 난감합니다.

3년 전에 결혼했을 때 남편은 대학생이었는데 곧 학교를 그만두었습니다. 취직도 하지 않고 아르바이트도 오래 하지 못합니다.

재작년에 아들이 태어나자 저는 육아휴직을 신청해서 집안일과 양육 둘다를 하는 나날을 보내고 있습니다. 저금한 돈을 야금야금 까먹으며 그럭저럭 생활하고 있습니다.

그런데도 남편은 집에서 게임만 합니다. 집안일을 부탁하면 마지못해 도와주기는 하지만 자발적으로 움직이지는 않습니다. 아이를 보라고 해도 함께 텔레비전을 볼 뿐입니다. "취직 좀 해" 하고 다그쳐도 알았다는 말만 합니다.

말다툼도 했습니다. "취직 좀 해"에서 "하루에 두 시간만이라도 아르바이트를 해", "게임하는 시간 좀 줄여"라고 점점 요구의 수위를 낮췄지만 소용없었습니다.

시부모님에게도 호소했지만 "어쩔 수 없는 애라니까"라고 반응하고, 그에게 주의도 주지 않습니다. 너무 관대합니다.

남편을 좋아하고 아이도 있기 때문에 헤어지고 싶지는 않습니다. 둘째 아이가 태어난 후 제가 곧 직장에 복귀하고 남편이 '전업 주부'를 해도 되지만, 계속 이런 식이라면 아이를 맡길 수 있을지 걱정입니다. 어떻게 하면 무기력한 그를 '갱생'시킬 수 있을까요?

계속 '가장'이자 '주부'로
살아갈 수 있습니까?

A 남편이 일을 하지 않는 것은 일을 할 이유가 없기 때문입니다.

당신이 일을 해서 수입이 있고 육아휴직을 신청할 수 있는 유리한 직장을 갖고 있으며 가사와 육아를 혼자 도맡고 있으니 남편에게는 할 일이 아무것도 없습니다.

당신은 '가장'과 '주부'의 역할을 동시에 하고 있고, 그 양쪽을 해낼 수 있을 만큼 유능한 여성 같습니다. 응석받이로 자란 남편은 당신에게서 자신의 부모를 대신할 새로운 부모를 찾은 게 아닐까요?

"그를 좋아한다"고 했는데 그의 어떤 점이 좋은 건가요? 세상물정을 모르는 순수함이나 달콤함, 그저 편한 상태로만 흘러가는 허약함까지 사랑했다면 앞으로도 당신이 '가장'과 '주부'라는 두 가지 역할을 떠맡아 애를 하나 더 키울 각오를 해야 합니다.

그동안에도 도박에 빠진 남편, 방탕한 일이나 유흥에 돈을 쏟아 붓는 남편을 '또 한 사람의 아이'라고 생각하며 억척 어멈으로 살아온 일본 여자는 얼마든지 있었으니까요. 하지만 당신을 포함해 요즘 여자는 그런 남편을 "어쩔 수 없네요, 남자란 그런 거니까요" 하며 봐주지 않습니다. 남편에 대한 아내의 인내력은 명백히 떨어졌습니다.

당신은 그에게 뭘 기대하고 있나요? 결혼 생활을 계속하고 싶다면 육아나 일 중 하나를 하게 하거나, 양쪽을 분담하기를 원하는 거라면 그렇게 하도록 만들어야 합니다. "아이를 맡기는 것"도 그중 하나입니다. "걱정되어 맡길 수가 없다"면 당신에게 그럴 생각이 없거나 아니면 완벽주의자여서 양육의 수준을 떨어뜨리고 싶지 않은 거겠지요. 다른 사람이 자신과 같은 능력을 갖고 있을 거라는 기대는 하지 말아야 합니다. 맡겼다면 간섭하지 않아야 하고요. 아이가 건강하게 자라주기만 한다면 그것으로 충분하다고 생각해야 합니다.

어쩌면 현실 도피적이어서 경쟁을 피하고 싶은 듯한 남편은 당신보다 좋은 부모가 될지 모릅니다. 밖에서 싸우고 돌아온 당신에게도 최상의 위로가 될 수 있고요. 만약 아이 양육에도 무책임한 남편이라면 인간적으로 문제가 있으니 단념해야 하겠지요.

그래도 당신이 '남자는 이래야 한다'는 기대를 도저히 버릴 수 없다면 남자 보는 눈이 없었다며 미련 없이 포기하고 한부모 가정이 되는 편이 앞으로 부양가족도 스트레스도 적어지고 더 낫겠지요.

18

일을 그만두고
전업주부가 되고 싶다는 남편

상담자 : 의사, 여성, 30대

Q 30대의 여성 의사입니다.

며칠 전 영화 소프트웨어 제작회사의 프로듀서로 일하는 남편이 회사를 그만두고 싶다고 말했습니다. 사장의 변덕스러운 지시에 휘둘리는 등의 스트레스가 있고 집이 있는 지방 도시에서 도쿄까지 통근하는 것도 편하지 않으며 예전만큼 일에 정열도 없는 것 같습니다. 퇴직 후 구체적으로 뭘 하겠다는 계획은 없고, 특별히 하고 싶은 일도 없는 것 같습니다. 생후 2개월 된 아이가 있기 때문에 전업주부를 해도 좋다는 말도 했습니다.

남편도 인정하는 것처럼 제가 의사니까 자신이 일을 그만두어도 생활에 지장이 없다는 판단이 영향을 미쳤습니다. 그래서 제가 허락해야 할지 석연치가 않습니다.

저는 결혼해서 시시한 남자의 노예가 될 바에는 차라리 혼자 인생을 즐기고 싶었습니다. '의사', '단체 임원'이라는 내 직함에 개의치 않고 내 수입보다 두세 배 적어도 비굴하지 않으며 자기 세계가 있는 그에게 긍지를 갖고 있었습니다.

그러나 이런 시기에 아무런 전망도 없이 회사를 그만두면 다시 일자리를 잡는 게 그렇게 간단하지 않겠지요. 만약 그가 집에서 빈둥거리게 된다면 계속 애정을 유지할 수 있을지 불안합니다. 그의 장점으로 생각하던 "남자의 체면 같은 건 신경 쓰지 않는다"는 낙천성이 나태한 자신에 대한 변명처럼 여겨져 저도 세상 사람들과 마찬가지로 남편을 평가해버립니다. 어떻게 생각하시나요?

파트너에게 바라는
사항의 우선순위를 정하세요.

A 옛날이라면 답변자가 아마 이렇게 말했겠지요. "남편을
똑바로 서게 하지 못한다면 당신이 일을 그만두세요."
남자를 세워주는 것만이 여자가 사는 길이었던 시대의 조언인
데, 이것은 도박이라 너무 위험합니다. 의사라는 직업을 내던질
필요는 없습니다.

이 질문에서 남녀가 바뀌었다면 아마 아무런 문제도 안 되었겠
지요. 문제를 느끼는 것은 당신입니다. 남편이 존경할 만한 사
람이자 남자로 있어주었으면 좋겠다는 당신의 남성관이 문제의
원인인 것 같습니다.

아내의 일과 활동을 존중하고 아내의 라이프스타일에 맞춰 아
내의 육아에 협력할 생각인 '자상한 남편'에게 일에서까지 자신
의 꿈을 추구하기를 바란다면 다소 욕심이 과한 게 아닐까요.
남편에게 생활 보장에서 사회적 성공, 성적 만족에서 지적 자
극, 가사와 육아에 대한 협력에서 배려와 위로까지 전부 요구하
려고 하지 마세요.

애초에 양립할 수 없는 항목이 너무 많습니다. 일단 당신은 남
편에게 생활 보장을 받지 않아도 되는 혜택 받은 입장에 있으니
파트너에게 뭘 바라는지 우선순위를 정하고 우선적이지 않은
항목에는 관대해야 합니다.

한동안은 육아를 돕도록 하는 게 좋을지도 모릅니다. 하지만 부부의 역할이 역전되어도 '전업주부 증후군'의 갑갑함이나 초조함은 그대로라는 사실을 경험자를 통해 알 수 있기 때문에 시한을 정하는 것도 한 방법입니다. 어떤 여성은 자녀 양육에 전념하는 중에 남편으로부터 다음과 같은 통고를 받았다고 합니다. "나는 아이를 부양할 책임은 느끼지만 당신을 부양할 책임은 느끼지 못하니까 아이가 세 살이 될 때까지는 일자리를 찾아." 저는 이제 와서 그런 말을 하면 안 된다고 말해주고 싶네요.

부부가 되었건 부모가 되었건 자신의 인생은 자신이 살 수밖에 없는 법입니다. '아내를 위해서'라는 말도, '아이를 위해서'라는 말도 변명이 되지 않습니다. 당신 자신이 '남편을 위해서', '아이를 위해서'라는 말을 변명으로 삼지 않고 살아간다면, 남편 역시 그런 자세에서 배우겠지요. 네? 혹시 배우지 못한다면 어떻게 하냐고요?

남자로서 존경할 수 없어도 괜찮습니다. 하지만 인간으로서 존경할 수 없다면 그것이야말로 관계의 끝입니다. 사람 보는 눈이 없었다며 자신을 저주하고 깨끗이 버리세요. 스트레스의 원인이 되는 남편이라면 차라리 없는 것이 훨씬 낫습니다. 그렇게 할 수 있는 자신의 경제력을 축복하세요.

19

시아버지가
너무 싫습니다.

상담자 : 회사원, 여성, 30대

Q 마흔을 목전에 둔 여성 회사원입니다. 결혼한 지 11년째이고 세 아이가 있습니다. 남편은 가업인 농업을 이어받아 60세인 시부모님과 함께 일하고 있습니다. 집은 부모님 댁대지 내에 별채를 지어 살고 있습니다. 시아버지에 관해서 상담하고 싶습니다.

시아버지는 집에서도 일할 때도 시어머니에게 무척 난폭한 말을 하고 무시하는 태도를 취합니다. 저나 손님이 있어도 마찬가지입니다.

저녁이면 부엌에서 드라마 〈미토코몬(水戸黄門)〉을 보면서 술을 마시고 시어머니에게 이걸 내놓아라, 저걸 만들어라, 하며 무조건 명령을 내립니다. 손자가 놀러 오면 자신의 안주를 나눠주고 기분 좋게 놀게 하지만 마음에 들지 않는 일이 있으면 손자에게도 아무렇지 않게 "바보 같은 자식, 죽어버려"라고 말합니다.

시어머니나 시할머니는 손자가 오는 걸 좋아하셔서 가능한 한 시댁에 자주 얼굴을 내비치고 싶지만 시아버지의 태도가 불쾌해서 견딜 수가 없습니다. 제가 무슨 말을 해도 시어머니에 대한 시아버지의 태도는 변할 것 같지 않습니다. 하지만 그런 일을 겪을 때마다 한마디 하고 싶은 기분이 들어 정신적으로 무척 고통스럽습니다.

시어머니는 매번 화를 내는 것 같지만 어쩔 수 없다고 생각해서인지 반론하시지 않습니다. 남편과 아이들의 태도도 마찬가지입니다. 저도 되도록 상관하지 않으려고 합니다만 시댁에 가면 부엌에서 얼굴을 마주합니다. 최대한 냉정하게 대하려고 하지만 제멋대로인 시아버지를 어떤 마음으로 대하면 좋을까요?

부모의 부부 사이는 남의 일이라
생각하고 포기하는 게 어떨까요?

A 어머나, 옛날 그대로의 고전적인 고민이네요. 하지만 시대가 변했어요. 당신의 상담 내용에 남편에 대한 불만이 한 줄도 없고 시아버지·시어머니와의 불화가 한마디도 언급되지 않아 크게 안심했습니다.

네, 같은 대지 내에 살면서 가업을 잇든, 시아버지와 시어머니의 관계가 어떻든, 부부는 원래 타인이고 타인의 부모는 더욱 타인입니다. 타인의 부부 관계가 아무리 불쾌해도 당사자가 문제를 해결할 생각이 없는 한 참견할 수 없는 것이 부부 관계입니다.

당신 남편이 시아버지 같은 행동을 하지 않고, 시어머니가 당신 가정에 간섭하지 않고, 시아버지가 당신을 시어머니에게 하듯 소홀히 대하지 않는다면, 그러니까 당신을 '우리 집 며느리'로 다루지 않고 '아들의 아내'로 봐주는 한 남편이 아무리 문제 있는 가정 출신이어도 상관없다고 해야 합니다.

가정 폭력이 있는 가정에서 자란 아들, 부모가 다중 채무를 안고 있는 아들도 있습니다. 부모의 나쁜 버릇이나 잘못은 아들의 책임이 아닙니다. 이와 마찬가지로 부모의 부부 관계를 자식이 책임지는 일도 불가능합니다. 만약 그 부부가 당신의 부모님이라고 해도 당신은 어쩔 수 없겠지요.

하지만 손자의 가정교육을 둘러싼 충돌과 시부모님을 보살피는 일을 둘러싼 갈등이 심각해지지 않을지 걱정입니다. 아이의 교육에는 부모의 인생관이 관련되기 때문에, 시아버지가 거기에 납득할 수 없는 관여를 하려 든다면 단호히 안 된다고 하세요. 아이들은 어른을 잘 관찰하고 있기 때문에 "할아버지처럼 되지 마" 하고 말하면 알아듣겠지요.

간병에는 좋고 싫음이 확실히 드러납니다. 상대가 싫은 사람이라면 가족이라 할지라도 몸을 접촉하는 것조차 할 수 없습니다. "어머님 시중을 드는 것은 괜찮지만 아버님 시중을 드는 것은 싫어요"라고 선언해두고, 만약 시어머니가 먼저 돌아가시면 시아버지는 전문 시설에 모시세요. 아마 당신 남편도 아버지를 싫어할 테니 동의해주겠지요.

자식은 부모의 인생을 책임질 수 없습니다. 타인의 부부 관계는 누가 뭐래도 남의 일이지요. 냉정한 것 같지만 거리를 두고 지내며 반면교사로 삼아 행복한 가정을 꾸려나가세요. 그렇기는 해도 그렇게 사랑받지 못하는 남성의 고독한 노후를 상상하니 아무리 자업자득이라고 해도 좀 딱하긴 하네요.

20

상사가 회사에서
야한 동영상을 봅니다.

상담자 : 회사원, 여성, 40대

Q 회사 상사의 이상한 취미 때문에 난감합니다. 50대인 그는 결혼을 했는데도 야동을 아주 좋아합니다. 그것도 중년 여성을 도찰한 영상이나 모자이크 처리를 하지 않은 영상을요.

집에서 보는 거라면 상관없지만 회사에서 그런 걸 봅니다. 자기 자리에 컴퓨터가 있는데도 일부러 별실로 들어가 일하는 척하며 보는데, 밖에서 다 보이거든요. 저희에게 보여주는 것은 아니지만, 몰래 본다는 사실은 모든 사원이 알고 있습니다. 다들 잔업을 하며 열심히 일하고 있을 때도, 거래처와 한창 전화를 하는 중에도 볼 때가 있는 모양입니다.

그것을 안 저희 사원들은 일할 의욕을 잃었습니다. 바로 얼마 전에 이 사실을 알게 된 저는 큰 충격을 받았습니다. 나름대로 존경하는 상사였기 때문에, 회사에 갈 마음이 들지 않을 정도입니다. 다들 적은 월급을 받으면서도 열심히 일을 해왔는데,정말 경멸하는 마음밖에 들지 않습니다.

정말 일을 하고 있다고 해도, 혹시 지금도 보고 있는 게 아닐까 신경이 쓰여 일에 집중할 수가 없습니다. 그런데 경영자인 그에게 아무도 그만두라고 말할 수가 없습니다. 현장을 잡고 "무슨 짓을 하는 겁니까!" 하고 소리쳐볼까, 다들 여러 가지로 생각해보았지만 잘되지 않았습니다.

어떻게 하면 그만두게 할 수 있을까요? 이대로 계속 모른 체하며 체념할 수밖에 없는 걸까요?

상사의 취미보다
회사가 걱정이네요.

A 일은 천명(天命)도 아니고 삶의 보람도 아닙니다. 생계의 수단일 뿐입니다. 경영자가 무능해도 회사가 도산하지 않고, 상사가 당신이나 다른 부하에게 성희롱을 하거나 괴롭히지도 않고, 동료와의 관계도 나쁘지 않고, 월급이 적어도 고용이 안정되어 있고, 월급을 늦게 주거나 안 주는 것도 아니고…, 계속 일할 수 있다면 무슨 문제가 있을까요?

마치 월급 명세서에 에로 영상이 인쇄되어 있는 것만 같군요. 정확히 말하자면 당신 상사가 하는 것은 '환경형 성희롱'*이라고 하는데, 남녀고용기회균등법** 위반입니다. 틀림없는 위법 행위이기 때문에 고발하면 사용자에게는 대응할 의무가 생기는데, 그렇다고 해도 상대가 경영자이기 때문에 당신이 더 힘들어질지도 모릅니다.

당신 상사뿐만 아니라 남자는 대체로 야한 걸 좋아하는 취미를 가졌습니다. 그것을 '경멸'한다면 남자 대부분을 경멸해야 합니

---

* 성적인 언동 등으로 성적 굴욕감이나 혐오감을 유발하여 결과적으로 고용 환경을 악화시키는 것을 말한다.

** 1986년부터 시행된 법률로, 직장에서 남녀의 차별을 금지하고 모집, 채용, 승진, 교육 훈련, 정년, 퇴직, 해고 등에서 남녀를 평등하게 취급할 것을 정하고 있다. 1997년 일부 개정되어 여성 보호를 위해 설치되었던 시간 외 노동이나 휴일 노동, 심야 업무 등의 규제를 철폐하고 성희롱 방지를 위해 사업주에게 고용상의 관리 의무를 지웠다. 우리나라의 '남녀고용평등과 일·가정 양립 지원에 관한 법률'과 유사하다.

다. 존경할 수 없는 상사 밑에서 일하는 비애는 어떤 월급쟁이에게나 따라다닙니다. '몰래' 보는 거라면 당사자도 그런 취미가 나쁘다는 걸 자각하고 있는 거겠지요. 에로 동영상이 아니라 호러물이나 오컬트 영상이거나 살인 현장을 모아놓은 피가 튀는 영상을 본다면 용서할 수 있습니까?

아니면 일하는 시간에 보는 것이 문제인가요? 그렇다면 회사에서 보지 않도록 부탁하거나(집에서 볼 수 없는 사정이 있을지도 모릅니다) 볼 때는 별실로 들어가 문을 잠그고 보도록 요구해야겠지요. 상사가 별실로 들어가면 아이고 또 보는구나, 하고 생각하면 되는 겁니다. 보고 싶지 않은 것을 보지 않아도 되도록 확실히 구획을 하면 되겠지요.

그렇다 하더라도 문제는 다른 데에 있는 것 같습니다. 회사의 재무 상황을 점검해보세요. 경영자가 일하지 않아도 유지될 만큼 실적이 좋은지, 아니면 이렇게 무능한 경영자 때문에 회사의 장래가 위태로운지를 확인하는 것이 더욱 중요합니다. 경영자가 일하지 않는데도 월급이 너무 적다면 그것은 또 다른 문제입니다. 일의 불만이나 노동 조건은 상사의 '이상한 취미' 이상으로 심각한 문제일 겁니다.

그 상사는 정말 '벌거벗은 임금님'이네요. "모두 알고 있어요"라고 한마디 하면 끝날 일인데, 그 말을 할 수 없을 만큼 직장이 개방적이지 못하거나 경영자가 고립되어 있다면 회사 자체가 위험합니다.

21

민폐 상사의
갑질에 지쳤습니다.

상담자 : 연구직, 여성, 30대

Q 30대의 연구직 여성입니다. 남성 상사의 직장 내 괴롭힘에 시달리고 있습니다.

상사는 60대입니다. 다른 회사에서 실적이 있어 지금의 직장으로 스카우트되었습니다. 이 연구 분야의 일인자로서 존경하고 있고 감사하는 마음도 갖고 있습니다. 예전에는 온후하여 부하로부터 우러름을 받기도 했습니다.

최근에 그의 암이 재발했습니다. 항암 치료를 받은 그길로 직장에 옵니다. 고도성장도 거품경제도 선도했다는 자부심이 있는 단카이 세대로서 일을 하지 않으면 불안한 모양입니다. 하지만 사실 달갑지 않습니다. 부하들에게 여러 가지로 마구 화풀이를 하기 때문입니다.

저에게는 인격을 부정하는 데서부터 업적에 대한 부정, 외모 비판까지 합니다. 제게 "능력이 부족"하고 "우수하지 않아서" "맡길 수가 없다"고 말하며 "그 화장은 뭐야?", "그런 차림은 학생 같잖아" 하며 비난합니다. 제가 그 정도인가 싶어 혼란스러워서 지난여름에는 밥이 넘어가지 않아 살이 심하게 빠졌습니다.

얼마 전에도 그는 젊은 여성을 필요 이상으로 공격하여 울렸습니다.

그는 지금도 단신 부임한 상태라 가족은 다른 지역에 살고 있습니다. 치료가 힘든 건지 정신적으로 문제가 있는 건지 회사 밖에서는 신사적인데 회사 안에서는 괴롭힘이 심해지기만 합니다. 하지만 제 연구 영역은 특수해서 이직은 불가능합니다. 친구는 "그가 죽기를 기다리는 수밖에 없다"고 말합니다. 물러날 때를 좀 알았으면 좋을 것 같은데, 어떤 식으로 대처하면 좋을까요?

상사 위에도 상사가 있다는 게 약점입니다.

A 이해합니다.. 월급쟁이의 괴로움은 자신보다 무능하고 난폭한 상사를 모시는 데서 비롯하지요. 그것을 '갑질 (power harassment)'로 표현할 수 있게 된 것은 한 걸음 나아간 일이라 할 수 있습니다.

그 상사는 아무에게도 우는소리를 하지 못하는 불쌍한 아저씨일 겁니다. 자기 불안의 배출구를 자신보다 약한 처지에 있는 사람에게서 찾다니. 재발한 암 치료를 받으면서도 단신 부임했다면 아내에게도 우는소리를 못할 뿐 아니라 진작 버림받은 상태겠지요. 그런 남성 중에는 여성에게 바짝 다가오는 놈들도 있습니다. 그렇게 되면 갑질에서 성희롱으로 변할지도 모릅니다. 착각에 빠진 그런 아저씨에게 "너만이 유일한 위안"이라는 식의 스토킹을 당하지 않아 다행이었네요. 아니, 뭐가 그나마 더 낫다는 이야기는 아니지만요.

이 직장에 버티고 있을 수밖에 없다면 난감한 환경의 일부라고 여기고 최소한의 에너지와 비용을 들여 무시할 수밖에 없습니다. 마이동풍(馬耳東風), 버드나무가 바람에 나부끼듯 순순히 받아넘기는 거죠. 하지만 당신은 성실하고 진지해서 그것도 어려울 것 같습니다.

그렇게 으스대는 아저씨의 약점은 상사에게도 상사가 있다는 것입니다. 하지만 주의해야 할 것은 절대 혼자 앞질러 나가지 말아야 하고, "이렇게 가혹한 일을 당했어요"하고 그의 상사에게 직소하지 말아야 한다는 점입니다. 피해자로서 나서기보다는 부하로서 경애하는 상사의 곤경을 차마 볼 수가 없다. 이대로라면 연구 부문의 업적에도 영향을 미친다, 하고 어디까지나 상사와 회사를 위한다고 생각하며 '진언'하는 형식을 취하는 겁니다. 그러면 "죽기를 기다리지" 않아도 상사의 상사가 이동이나 조기 퇴직 등 명예롭게 물러날 방법을 생각해주겠지요.

물론 상담 창구나 노동조합으로 가져가는 방법도 있고, 갑질로 인한 산재 인정도 받을 수 있습니다. 하지만 그렇게 하기 위해서는 피해를 증명해야 합니다. 설사 보상을 받아도 심신을 상하게 한다면 본말전도입니다.

만약 어떤 방법도 주효하지 않았다면요? 안타깝지만 그 회사에 장래성은 없습니다. 장기 커리어 플랜을 생각해서 이직 가능성을 살펴보는 것이 좋겠지요.

30대인 당신에게는 선택지가 있습니다. 60대인 그는 틀림없이 궁지에 몰려 있을 겁니다. 그가 이런 상담을 했더라면 좋았을 텐데요. 하지만 누구에게도 의논하지 않는 것이 죽을 때까지 낫지 않는 '남자라는 병'이긴 하지만요.

22

다가오는 상사에게
불쾌감이 들지 않습니다.

상담자 : 회사원, 여성, 20대

Q 20대의 여성 회사원입니다. 미혼이고 지난 2년간 사귄 사람은 없습니다.

이전에 일을 같이한 상사와 둘이서 저녁을 먹은 후 친해졌습니다. 그는 30대 기혼남입니다. 애처가이며 아이들도 잘 보살피는 '좋은 남편, 좋은 아빠'인 한편, 일도 잘하는 사람입니다.

이전부터 그 상사는 "○○씨 같은 귀여운 부하를 두어서 행복해" 하고 농담처럼 말했습니다만, 최근에는 직장에 둘만 있을 때 "난처하게 할 뿐이겠지만 ○○씨가 좋아"라고 말합니다. 취하면 여성에게 신체 접촉을 많이 하는 사람인데 직장에서 둘만 있을 때면 뒤에서 껴안기도 합니다.

여기까지는 흔히 있는 '아쉬울 때만 찾는 편리한 여자' 이야기라고 생각하겠지만, 제가 고민하는 것은 누군가 고백을 해오거나 만지거나 하면 아무 느낌도 없이 그저 남의 일처럼 사태를 방관하는 저 자신입니다.

부탁하면 싫다고 하지 못하는 성격인 데다 직장에서 의지할 수 있는 상사를 잃는 게 두려워 명확히 거절할 수가 없습니다. 성희롱에 혐오감을 갖고 있다면 거절할 강력한 의지를 가질 수 있을 거라고 생각하지만요. 더욱 심각한 사태가 일어나면 거절할 생각이지만 이런 상황을 대하는 저 자신의 경박함이 걱정입니다. 무의식 중에 상사에게 존경 이상의 감정을 가져서 그가 접근해오는 것을 기뻐하는 걸까요? 고민이 뭔지 알기 힘든 상담이지만, 가장 큰 문제가 뭐라고 생각하세요?

성희롱은
점차 심해질 겁니다.

A 이것은 성희롱입니다. 왜냐하면 당신은 상대가 좋아한다고 고백하거나 신체 접촉을 해와도 전혀 기쁘지 않기 때문입니다. 성희롱의 정의는 '본인이 바라지 않는 성적 접근'입니다. 같은 사랑 고백이라도 좋아하는 사람이라면 기쁘고, 그렇지 않은 사람이라면 번거로울 뿐입니다. "아무것도 느끼지 않는다"는 것은 기쁘지 않다는 증거입니다. '무의식' 같은 건 믿지 마세요.

반대로 당신은 자신의 상황을 냉정하게 이해하고 있습니다. "싫다고 하지 못하는 성격", "의지할 수 있는 상사를 잃을지도 모른다는 두려움" 때문에 안 된다고 말할 수 없는 것이지요. 이거야말로 전형적인 성희롱입니다. 성희롱 가해자는 직업상의 지위를 남용하여 "거절할 수 없는" 상대를 골라 접근한다는 걸 아세요? 요코야마 놋쿠* 전 오사카부(大阪府) 지사의 성희롱 사건 때 소노 아야코** 씨가 신문 칼럼에서 그 자리에서는 소란을 피우지도 않았으면서 "나중에 소송을 제기한 것은 여성의 어리광"이라고 썼는데 이거야말로 성희롱에 무지하다는 증거입니

---

* 横山ノック(본명 야마다 이사무山田勇, 1932~2007). 코미디언, 전 참의원 의원, 전 오사카부(大阪府) 지사. 선거운동 때 운동원을 하던 여대생을 추행한 죄로 유죄 선고를 받고 지사에서 물러났다. 당초 요코야마는 자신을 고소한 것에 대해 '사실 무근'이라며 전면 부정하고 역으로 여대생을 허위사실 유포 혐의로 고소했으나 나중에는 사실을 인정하고 사죄했다.

다. 성희롱이란 '안 된다'고 말하지 못하는, 말할 수 없는 상대와 상황을 골라 일어난다는 사실은 잘 알려져 있습니다.

당신의 "가장 큰 문제"는 싫은 것을 싫다고 느낄 수 없고 반대로 기쁜 일도 기쁘게 느낄 수 없는 감각의 마비입니다. 자신에게 일어난 일을 마치 남의 일처럼 방관하고, 게다가 좋아한다거나 싫어한다는 고백이나 신체 접촉처럼 깊이 파고드는 경험까지 기쁜 건지 기쁘지 않은 건지 모르겠다는 것은 '경박함'이 아닙니다. 냉정함도 아닙니다.

당신은 지금까지 다른 환경에서도 자신의 신상에 일어난 일을 남의 일처럼 내버려두는 기술을 익혀온 게 아닐까요. 어쩌면 뭔가 견디기 힘든 상황에서 살아남기 위한 지혜였을지도 모릅니다. 슬프게도 사람은 억압당하면 당할수록 그 억압에 견디게 되는, 역경에도 적응해가는 동물입니다. 더욱이 남자가 상황을 자신에게 유리하게 해석하는 특기를 갖고 있다는 걸 기억해두세요. 이대로라면 당신은 더욱더 심해지는 상사의 접근에 아무것도 느끼지 못한 채 그를 점점 받아들이게 될 겁니다.

당신에게 가장 필요한 것은 희로애락의 생생한 감정을 되찾는 일입니다. 그러려면 어떻게 해야 좋을까요. 뿌리가 아주 깊어 보입니다.

** 曽野綾子(1931~). 소설가. 최근에 《약간의 거리를 둔다(人間の分際)》라는 에세이가 번역되어 소개되기도 했다. 보수파 문화인인 소노 아야코는 요코야마의 성희롱 사건 때 오히려 피해 여대생에게 "수상하다", "왜 그 자리에서 소리를 지르지 않았는가"라며 모질게 비판했다.

23

젠더를
공부해서 힘든 걸까요?

상담자 : 회사원, 여성, 30대

Q 30대 여성입니다. 대학을 졸업하고 이른바 대기업에 취직해서 사회인으로서의 경험도 이제 곧 10년째가 됩니다. 저는 대학 시절에 젠더론을 전공했기 때문에 일본 기업에서 여성이 어떻게 취급당하는지 어느 정도 알고 있다고 생각했습니다.

그러나 여성은 당연한 듯이 차를 따르고, 보조적인 작업을 하고, 관리직 연수 안내가 오지 않고, 심지어 관리직은 한 명도 없습니다. 대기업조차 이런 상황이라 낙담했습니다. 더욱 실망한 것은 회사에서 일하는 다른 여성들이 그런 상황에 만족하고 있다는 사실입니다.

일반적으로 보면 대기업이라 복리후생도 좋고 야근도 없고 휴가도 쓸 수 있고 결혼이나 출산 후에도 그다지 중대한 책임도 지지 않고 정규직으로 계속 일할 수 있어 무척 혜택 받은 환경입니다. 그러므로 여성들은 꿋꿋하게 회사가 요구하는 '여성직원의 역할'을 해내고 있다고 생각합니다.

저는 아무래도 그런 '혜택 받은 환경'에 만족할 수 없습니다. 젠더에 대해 배웠기 때문에 사소한 남녀차별에 과민하게 반응하고, 젠더에 대해 몰랐더라면 좀 더 순순히 현재의 상황을 받아들이고 괴로워하지 않아도 되지 않았을까, 하고 생각합니다. 젠더 공부는 내게 필요했던 것일까, 하고 고민하면서도 마음가짐을 바꿔 제 안의 속박으로부터 벗어나야 한다고 생각합니다. 발상을 전환할 좋은 방법이 있다면 가르쳐주시기 바랍니다.

'혜택 받은 환경'을
버릴 수 있습니까?

A 30대, 사회인, 아니 회사인으로서의 경험이 10년이라고
요? 막다른 곳에 몰려 낙심할 무렵이네요.

젠더론을 제대로 공부했다면 일본의 대기업을 고른 것은 실수
입니다. 이미 여러 실증 연구를 통해 기업 규모와 성차별이 상
관관계가 있다는 사실은 잘 알려져 있습니다. "대기업에조차"
여성 관리직이 없는 것이 아니라 '대기업이라' 여성 관리직이
없다는 것은 데이터를 봐도 명백합니다. 공부가 부족했군요. 취
직하기 전에 제대로 알아봤나요? 어떤 여성이 어떤 식으로 일
하는지, 여성 롤모델은 있는지, 선배를 찾아가 살짝 조사해보면
금방 알 수 있는 일입니다. 월급보다, 회사의 브랜드보다, 복리
후생보다 그런 것들이 더 중요한 정보일지도 모르는데, 당신은
아마 회사의 이름과 안정을 선택했겠지요. 취업 활동을 할 때의
전략 오류였습니다. 여기까지는 과거 이야기입니다.

그런데 앞으로 어떻게 해야 할까요? 커리어 컨설턴트처럼 생각
해봅시다. "사소한 남녀차별에 민감하게 반응한다"는 것은 당
신이 "젠더를 배웠기 때문"이 아닙니다. 당신에게 불합리한 차
별을 허락하지 않는 긍지가 있기 때문입니다. 그렇다면 그 긍지
를 포기해야만 버틸 수 있는 환경을 과감히 바꾸는, 그러니까
이직도 하나의 선택지입니다. 남녀를 평등하게 죽을 만큼 일을

시키는 벤처 기업이나 외국계 회사에 갈 수도 있습니다. 월급은 적어지고 복리후생은 나빠지고 노동 강도는 세지겠지만, 일하는 보람은 있겠지요. 그렇다고 해도 지금의 회사에서 10년간 일한 실적을 갖고 경력직으로 이직할 수 있을까요?

"썩은 사과는 한 입만 베어 물어도 알 수 있다"고 했는데, 그 회사가 어떤 곳인지 당신은 진작 알고 있었을 것입니다. 이직 기회가 있었어도 이직을 시도한 흔적이 없는 당신은 아마 결단을 미뤄왔겠지요.

30대는 앞으로 가정을 꾸릴 건지, 혼자 살아갈 건지 선택해야 하는 나이입니다. 일을 살아가는 보람으로 여기며 살 게 아니라면 지금 당신의 환경은 확실히 '혜택 받은' 것입니다. 그게 싫다면 좀 더 위험성이 높은 인생을 선택하는 것도 한 방법인데 그럴 능력과 의욕이 있나요? 회사에서 인정받기를 바라는 대신 NPO나 지역 활동에서 활로를 찾는 것도 한 방법입니다. '발상의 전환'을 모색하고 있는 당신은 마음가짐을 바꿔 회사를 그만두지 말고 회사에 기대를 하지 않아야 합니다.

그건 그렇고, 이렇게 의욕이 넘치는 여성 직원을 썩게 만드는 일본 기업은 정말 인재를 낭비하고 있네요.

24

요양보호 현장에서
고민하고 있습니다.

상담자 : 여성, 20대

Q 20대 여성입니다.

2년 전 방문 요양보호사 양성 연수 2급 과정 강좌를 들으며 공부했고 실습에서도 '요양보호'에 대해 배웠습니다.

그런데 실습현장이 아주 열악했습니다. 시간에 쫓기고 직원들은 서로 짜증을 내며 도무지 웃는 얼굴을 찾아볼 수 없는 곳이었습니다. 강습에서는 '배려'라는 말이 여러 번 나왔지만, 현장은 '적당히' 그 자체였습니다.

식사 때도 주식 · 반찬 · 식후의 약까지 한꺼번에 섞어 서둘러 먹입니다. 제가 그렇게 할 수 있을까 생각하니, 아무래도 못할

것 같습니다. 그래도 최근에 나오는 일자리는 '요양보호직'뿐
입니다.

저는 과감히 그렇게는 일하지 않기로 마음먹고 두 달 전부터
비정규직으로 일하기 시작했습니다. 제가 들어가자 지금까지
있던 직원이 차례로 그만두어 혼자 목욕을 시키고, 혼자 한 층
의 열 명을 담당하고, 혼자 외출도 시킵니다.

노인이 언제 쓰러져도 이상할 것이 없는 이런 상황에서는 '배
려'할 마음을 가질 수 없습니다. 회사 측은 비정규직 기간이 끝
나면 직접 고용하겠다고 합니다. 하지만 저는 이렇게 위험한
체제는 불안하다며 강력하게 호소했습니다. 하지만 인원을 보
충하려고 애를 쓰고 있다는 말뿐입니다.

저는 경력에 공백(2년)이 있고 경험도 없기 때문에 대상자를 다
치게 하지나 않을까 두렵습니다.

이대로 계속하기가 두렵지만 그만두지 않고 '적당히' 일을 해
치우면 되는 걸까요?

자신이 일하기 좋은가를
우선 생각하세요.

A 네. 대부분의 요양보호 현장이 그런 상황임을 잘 알고 있습니다. 노인의 인격을 무시하고 벨트 컨베이어처럼 돌아가는 작업, 말을 걸어주고 싶어도 그럴 여유조차 없는 직장, 불안에 몸이 얼어붙는 혼자만의 야근. 도쿄의 어떤 고령자 시설에서 한 층 25명의 중증 노인을 젊은 직원 혼자 담당한다는 야근 교대 근무제 이야기를 듣고, 저라면 다리가 굳어 움직이지 못할 거라고 생각했습니다.

그래서 뜻을 갖고 애써 자격을 땄는데도 현장에서 무기력에 빠지는 직원이 끊이지 않고 이직률이 떨어지지 않는 거겠지요. 한창 불황인 가운데서도 요양보호 노동 시장만은 유효 구인 배율이 항상 1.0 이상입니다. 모집하는 인원이 구직자보다 많은 현장에서는 쓸 만한 인재는 정규직 직원으로 채용하고 싶어 하는 시설 측 사정도 알고 있고, 당신이 이를 탐탁지 않게 생각하는 것도 충분히 이해할 수 있습니다.

그런 줄타기 같은 근무를 계속하면 업무 중에 사고가 일어날지도 모릅니다. 정규직이든 비정규직이든 직장에서 져야 하는 책임은 같습니다. 실제로 사고가 일어나면 관리자뿐만 아니라 당신에게도 책임을 묻게 됩니다. 이대로 '대충' 계속하면 감각마비와 사고정지에 빠지거나 무기력해질 뿐입니다. 머지않아 지금의 마음을 잊고 당신 자신이 노인에게 가해자가 될지도 모릅니다.

비정규직의 장점을 살려 몇몇 직장에서 시험 삼아 일을 해보면 어떨까요? 그중에서 어느 직장이 좋을지, 무엇이 어떻게 문제인지 알 수 있을 겁니다. 평판이 좋은 시설에는 스스로 들어가세요. 그런 다음 신뢰할 수 있는(이곳이라면 부모를 맡겨도 되겠다는 생각이 드느냐가 선택의 포인트입니다) 직장을 고르세요.

사실은 일하는 사람도 이용자도 '선택의 자유'를 갖고 있을 겁니다. 양화가 악화를 구축하는 것이 시장의 법칙인데도 달리 갈 데가 없을 거라고 생각하고 함부로 대하는 악질적인 사업자가 횡행하고 있습니다. 시설들이 서로 적정한 경쟁을 하게 해서 열악한 시설이나 사업자가 도태되어 가면 좋겠지요. 시설이 고령자를 위한 것이 아니라 "노인을 집으로 데려가고 싶지 않은" 가족을 위한 서비스가 된 것이 큰 문제입니다. 그렇다고 해서 요양보호 사업의 문제투성이 현실에 당신이 책임을 질 필요는 없습니다. 무엇보다 자신이 일하기 좋은가를 우선 생각하세요. 요양보호 일에 뜻을 둔 당신 같은 인재를 또 한 사람 잃고 싶지 않으니까요.

허리 아래 고민에 답변 드립니다

제4장

어머니를
싫어해도 되나요?

25

어머니가
싫습니다.

상담자 : 주부, 30대.

Q 30대 주부입니다.

결혼하고 엄마가 되면서 친정어머니가 싫다는 생각이
분명해졌습니다.

어렸을 때 어머니는 절대적인 존재였고 성장함에 따라 불신감
이 커졌지만, 부족함 없이 키워주셨기 때문에 오랫동안 참아왔
습니다. 하지만 지금은 가치관도 다르고 인격적으로 받아들이
기 힘든 어머니를 대하기가 고통스럽습니다.

아버지가 돌아가시고 어머니가 제 가정에 심하게 간섭을 했기
때문에 거의 연락을 끊었는데, 어머니는 그것이 참을 수 없는

지 저를 비난합니다. 어머니는 혼자 생활하고 있는데 아버지의 유산을 상속받아 건강하고 유복하게 살고 있습니다.

어머니는 아무리 마음에 들지 않는 사람이라도 가족이라면 정을 갖고 대하는 것이 당연하다고 말합니다. 어머니 자신이 아무리 심한 짓을 해도 그것을 수용하지 않는 제가 나쁘다는 겁니다. 어머니가 제 마음을 짓밟은 과거의 일을 말해도 자신은 끝까지 나쁘지 않다고만 합니다.

이제 와서 어머니를 변화시키는 것은 어려운 일이고, 제가 변해서 효도하고 싶다고도 생각하지 않습니다.

어머니보다 제 가정이 소중합니다. 저에 대한 어머니의 집착을 끊으려면 어떻게 해야 할까요? 아니면 어머니가 항상 저에게 하는 말인데, 이처럼 "이용가치가 없어진" 부모를 "버리는" 짓은 용서할 수 없는 걸까요? 딸인 저는 참기만 하며 어머니가 심적으로 기댈 곳이 되어야만 하는 걸까요?

자책감에서
자유로워지세요.

A 어머니가 싫은 거군요.

흔히 "너도 엄마가 되어보면 고마운 줄 알게 될 거야" 하고 말합니다. 하지만 결혼하고 어머니가 되어도 싫어하는 마음에 변화가 없다면 당신이 어머니를 싫어하는 마음은 진짜입니다.

괜찮습니다. 자신을 키워준 친어머니를 싫어하는 딸은 많습니다. 유명인 중에 사노 요코* 씨나 나카야마 지나쓰** 씨가 그렇습니다. 사노 씨는 어머니를 좋아했던 적이 한 번도 없었다고 고백했고, 나카야마 씨는 어머니를 보고 싶다고 생각한 적이 한 번도 없다고 말했습니다. 어머니를 싫어한다고 공공연하게 말하는 솔직한 딸들 덕분에 어머니를 싫어해도 괜찮구나, 하고 생각하게 되었습니다.

생각해보면 부모 자식이란 정말 신기한 관계입니다. 부모를 선택해 태어날 수도 없는 노릇이고, 부모도 이런 아이일 줄 몰랐다고 말하고 싶은 심정이 간절할 겁니다. 성격이 잘 맞는 부모 자식이 있다면, 당연히 그렇지 않은 경우도 있겠지요. 부모 자

* 佐野洋子(1938~2010). 《사는 게 뭐라고(役に立たない日)》 등을 쓴 에세이스트.
** 中山千夏(1948~). 작가. 전 배우·탤런트·가수·성우·참의원 의원.

식 관계만 아니었다면 만나기 싫었을 상대도 있을 겁니다.

게다가 부모 자식 관계는 비대칭적입니다. 부모는 아이의 인생에 책임이 있지만 아이는 부모의 인생에 책임이 없습니다. 부모의 책임이라고 해도 성인이 될 때까지의 일입니다. 아이가 자신을 키워준 사람과 친구가 될지 말지는 어른이 되고 나서 판단하면 되는 일입니다.

도저히 좋아할 수 없는 어머니를 억지로 좋아하게 되는 일은 없습니다. 문제는 그런 딸이 어머니를 사랑할 수 없다는 자책감에서 자유로워질 수 없다는 것입니다. 그렇다면 당신을 괴롭히는 것은 "어머니의 집착"이 아니라 "어머니의 요구에 응하고 싶다고 생각하는 당신의 착한 아이 의식"인 것 같습니다.

다행히 어머니는 "건강하고 유복한 생활"을 하고 계시는군요. 요양보호가 필요해질 때까지 아무 것도 할 필요가 없습니다. 요양보호가 필요해지면 '심적으로 기댈 곳'이 되지 않아도 좋으니까 '요양보호 관리'에만 책임을 다하면 됩니다. 그 정도는 유산을 받는 입장에 있는 사람으로서 받아들여도 좋겠지요. 그 정도는 얼굴을 마주하지 않고 멀리서도 할 수 있습니다. 사랑이 없어도 괜찮습니다. 성격이 나쁘지만 어려움에 처한 이웃집 아주머니 정도로 생각하고 친절을 베푼다고만 생각해도 충분합니다. 막다른 곳에 몰리지 않아도 되는 개방적인 부모 자식 관계를 위해 요양보호 보험을 활용하세요.

26

학대받은 기억을
잊을 수 없습니다.

상담자 : 여성, 20대.

Q 20대 중반의 여성입니다.

부모님으로부터 정신적인 학대를 받아왔습니다. 철이 들기 전인 일곱 살 무렵 "산타클로스 할아버지가 있을 리 없잖 아. 너 바보 아니니!" 하는 말을 들은 것이 제일 오래된 기억입 니다.

남동생과 여동생은 귀여움을 받고 문제를 일으켜도 부모님이 제대로 수습해주었습니다. 저는 제가 그러면 죽임을 당하지 않 을까, 하고 생각하며 착실히 살아왔습니다.

고등학교를 졸업한 후 곧바로 취직해서 생활비도 건넸습니다.

일반적인 또래들보다 경제적 부담을 주지 않았을 텐데도, 부모님은 "한 달에 ○만 엔밖에 주지 않는 애가 말대답을 하기는", "네 얼굴만 봐도 짜증이 난다"라고 하는 등 이루 말할 수 없을 만큼 폭언을 퍼부었습니다.

집이 좁아서 부모님과 나, 여동생이 같은 방에서 잤습니다. 그런 상황에서도 부모님이 섹스를 해서 잠들기가 힘들었습니다. 비상식적인 부모를 마음속 깊이 경멸하며 몹시 싫어했습니다.

지금 저는 결혼하고 부모님과 교류를 완전히 끊었습니다. 하지만 원망은 가시지 않습니다. 꿈을 꾸고 불쾌한 기분이 되기도 하고 가위에 눌리기도 하는 등 속박에서 벗어날 수가 없습니다.

어떻게 하면 그 기억에서 벗어날 수 있을까요? 저는 학대가 되풀이되지 않을까, 하는 것이 제일 걱정입니다. 제 딸은 이제 8개월이고 무척 귀엽지만, 언젠가 저도 부모와 마찬가지로 아이를 학대하게 되지 않을까 불안합니다. 가족 관계에 밝은 우에노 선생님께서 답변해주시면 기쁘겠습니다.

그 기억을 당신의
'보물'로 삼으세요.

A 상담 내용을 읽으면서 조마조마했습니다. 당신이 바로 지금 학대를 받고 있고, 게다가 거기에서 벗어날 수 없는 상태라면 뭐라고 말해주어야 할까를 생각했기 때문입니다. 학대는 다행히 과거의 경험이었네요. 당신은 이미 부모의 집을 나와서 사랑하는 남편과 아이를 얻었군요. 지금까지의 인생도, 부모와의 관계를 끊는 것도 무척 힘들었겠지만 일단 축하합니다. 잘 해냈습니다.

그런데 지금의 고민은 뭔가요? 원망이 가시지 않는다고요? 네, 원망은 평생 가시지 않습니다. 잊어버리세요, 라고 조언해도 그건 무리겠지요. 원망을 풀고 싶은 상대는 부모인가요? 이제 얼굴도 보고 싶지 않은 거지요?

게다가 과거의 경험에 비추어 학대한 부모는 자각이 없고 자식이 아무리 비난해도 반성 따위는 하지 않을 거라는 걸 알고 있습니다. 부모와 대결하는 것은 쓸데없는 데다 상처만 받을 테니 그만두세요. 그렇다면 마음이 풀릴 때까지 누군가에게 원망을 털어놓으세요. 무슨 일이 있어도 당신을 부정하지 않고 안심할 수 있는 상대에게 말이에요. 가능하다면 같은 학대 경험이 있는 여성들의 모임이 좋겠지요. 조만간 "우리 부모가"라고 말하자마자 아, 그거? 하며 체험을 공유할 수 있게 될 무렵 당신은 학대의 경험을 이야기하는 것만으로도 속이 뻥 뚫릴 것입니다. 프로이트는 이를 훈습(Durcharbeiten)이라고 불렀습니다. 괴로운 경험에서 도망치는 대신 철저하게 마주하여 그것을 통과할 수밖에 없다는 것이지요.

또 하나의 고민은 자신이 아이를 학대하지 않을까 하는 불안이군요. 흔히 말하는 학대의 세대 간 연쇄(generational chain of abuse)를 걱정하는 거지요. 학대하지 않을까, 하고 자각했을 때 당신 안에는 이미 제동이 걸려 있습니다. 학대하는 부모는 학대를 자각하지 못하는 법입니다. 어떤 부모라도 잠재적인 학대자이지만 자각할 때마다 제동을 걸 수만 있다면 괜찮습니다. 가장 간단한 방법은 오랜 시간 아이와 단둘이 있지 않기입니다. 제삼자가 있으면 아이 양육은 순조롭습니다.

내가 학대하지 않을까, 하고 자각하며 두려워하고 있는 당신은 훌륭한 상상력을 가진 사람입니다. 그런 생각을 하는 것은 당신에게 학대 경험이 있기 때문입니다. 그렇게 되면 학대받은 경험은 당신의 보물이 되겠지요. 마치 조개가 상처를 안고 거기에서 아름다운 진주를 키우는 것처럼 말이지요. 과거를 끌어안고 위로하며 아이를 사랑해주세요

27

병상의 아버지에게
욕을 퍼부었습니다.

상담자 : 간호사, 50대

Q 50대 간호사입니다.

친아버지 일로 상담합니다. 현재 요양보호가 필요한 정도 4*인 상태입니다. 아버지는 의료기관에서 극진한 간호를 받고 있습니다. 말을 하지도 않고 면회할 때는 어딘가 이상한 표정을 보입니다.

저는 외동딸로 결혼한 지 28년 되었고 아이가 둘입니다. 남편은 제 성을 쓰고 제 아버지와 같이 살아왔습니다. 그런데 언제

---

* 거의 전반적인 일상에 도움이 필요하며 가족이 돌보기는 어렵고 전문가에게 위탁해야 하는 단계.

부턴가 남편과 아버지 사이에 언쟁이 늘어나 저희 부부는 식사까지도 아버지와 따로 2층에서 하게 되었습니다. 부모 자식 사이에 싸움이 끊이지 않았습니다.

어느 날 저는 유방암이 발견되어 이웃 현의 대학병원에 입원했습니다. 수술을 받고 방사선과 호르몬 치료를 받았습니다. 아버지는 단 한 번도 병문안을 오지 않았고, 제가 병원에서 집으로 외박을 나갔을 때도 위로의 말 한마디 건네지 않았습니다.

작년 여름 아버지가 뇌경색으로 쓰러졌고 구급차에 실려 제가 일하는 병원에 입원했습니다. 저는 일하는 틈틈이 가서 간호했습니다. 그런데 증세가 악화됨에 따라 제가 정신적·신체적으로 한계를 느끼고 아버지의 귓가에 "제가 병으로 힘들어할 때 왜 아버지는 한마디도 해주지 않았어요? 평생 용서하지 않을 거예요"라고 계속 속삭였습니다.

친아버지를 이렇게까지 미워하는 자신을 한심하다고 생각하며, 아버지가 돌아가시기 직전에 뭐라고 말해야 좋을까를 생각하자 눈물이 그치지 않았습니다. 키워준 아버지에게 감사 이상의 증오가 가득한 저에게 부디 해결책을 제시해주시기 바랍니다.

감정의 수지를 억지로
맞추려고 하지 마세요.

A 당신은 뭘 바라는 걸까요? 아버지로부터 사죄나 감사를 받는 것? 아버지로부터 사랑받는 것? 아버지에게 복수하는 것? 아버지를 용서하는 것?

당신이 유방암에 걸렸을 때 병문안도 오지 않고 걱정도 하지 않았던 아버지, 당신은 그것을 원망하고 있는 듯한데 아마 그뿐만이 아니라 태어난 이래, 그리고 결혼한 이후 28년 동안 이루 말할 수 없이 참아왔겠지요.

당신은 '자기중심적인' 아버지를 용서할 수 없다고 생각하고 있고, 아버지를 용서할 수 없는 자신을 용서할 수 없다고 자책하고 있겠지요.

괜찮아요, 부모를 미워하거나 원망해도 말이에요. 여기에 쓰지 않았지만 50대가 될 때까지 고생하며 살아온 당신에게는 아버지를 미워할 만한 충분한 이유가 있겠지요. 요양보호가 필요한 아버지를 입원시켜 극진한 간호를 하게 한 것만으로도 자식으로서 해야 할 일을 다한 것입니다.

뇌경색이라도 청각은 멀쩡하다고 합니다. 당신이 "평생 용서하지 않을 거예요" 하고 귓가에 되풀이한 속삭임을 아버지는 틀림없이 들었을 겁니다. 당신은 이제 복수를 한 겁니다. 필시 그렇게 "용서할 수 없는" 자신도 용서할 수 없겠지요. 이 얼마나 갸

록하고 기특한 딸인가요.

부모가 죽어도 울 수 없는 딸이나 아들은 아주 많습니다. 부모 자식 관계는 압도적으로 비대칭적입니다. 부모는 자신이 아이에게 한 일을 거의 기억하고 있지 않습니다. 부모에게 사죄나 감사를 기대해도 소용없습니다. 사랑도 미움도 자기 마음속의 수지 맞추기입니다. 그리고 감정의 수지란 원래 맞지 않는 것이라고 생각하세요.

수지가 맞지 않은 자신의 감정을 부정하지 말고 그것과 마주하세요. 그리고 자신의 아이에게는 똑같은 마음을 느끼게 하지 않도록 노력하세요. 아무리 힘들게 한 아버지라도 마지막 여행길을 전송하는 일을 가족, 특히 남편과 함께 떠맡으면서 같이 극복하며 고생해온 기억과 진정한 해방감을 나누세요. 그리고 서로에게 잘해냈다고 위로해주세요. 아버지 밑에서 28년간 헤어지지 않고 살아온 동지니까요.

그러다 보면 서서히 감정의 수지가 맞게 되는 일도 있겠지요. 아버지를 불쌍한 사람이라고 생각할 수도 있을 것입니다. 사람은 그렇게 해서 어른이 되어갑니다. 그 소중한 과정을 남편·아이들과 공유하세요. 그 과정이야말로 아이들에게 선물이 될 테니까요.

28

엄마한테서
벗어나고 싶어요.

상담자 : 고등학교 1학년, 여자, 15세

Q 15세의 고등학교 1학년 여학생입니다.

저의 희망을 강요하는 어머니가 귀찮아서 견딜 수가 없습니다.

뭔가 상을 받아두면 나중에 좋은 일이 있을 거라고 생각한 건지 초등학교 때부터 경필 대회나 붓글씨 대회, 작문이나 사생 대회, 과학 관련 대회에 나가 거의 부모의 아이디어로 상을 받아왔습니다.

어렸을 때 상을 받은 적이 없어서라며 어머니는 기뻐했고 저도 기쁘게 생각했습니다. 하지만 어느 날 제가 그때까지 대부분

어머니의 의향에 따라 움직여왔다는 사실을 깨달았습니다.

물론 우등생이 아니어서 폐도 많이 끼쳤지만, 어머니가 저를 자신의 생각대로 하려는 데는 참을 수가 없습니다.

저는 지금 공립 여자고등학교에 다니고 있습니다. 어머니가 지망 학교를 두 곳으로 좁혔고 다른 학교에 떨어졌기 때문에 지금 학교로 정해졌습니다.

고등학교 때부터는 스스로 결정하고 행동하려고 결심했지만, 어머니는 AO 입시*를 선택하게 하려는 듯 멋대로 지망 학교를 몇몇 국립대학으로 좁히고 거기에 유리한 상을 받게 하려고 획책하고 있습니다. 자신이 국립대학에 가지 못했기 때문에 자식을 통해 보상받으려는 마음은 알겠지만, 그런 어머니의 모습을 보고 있으면 강하게 반발할 수 없는 자신에게 화가 치밀어 오릅니다.

어머니의 기분을 상하게 하지 않고 제 의사를 확실히 전하려면 어떻게 해야 할까요?

우에노 지즈코 선생님의 조언을 듣고 싶습니다.

---

* 학생부 · 활동보고서 · 학습계획서 · 지망이유서 · 면접 · 소논문 등으로 학생의 개성이나 적성에 대해 다면적인 평가를 하여 합격자를 선발하는 전형.

당신이 어머니를
이끌어주면 어떨까요?

A 예전에 이런 일이 있었습니다. 한 여학생이 신상 상담을 하러 제 연구실로 찾아왔습니다. 그녀는 기숙사 생활을 하고 있었는데 통금을 지키지 않는 동료나 청소를 하지 않는 기숙사생들에게 구시렁구시렁 설교를 해서 주위의 미움을 받고 있다고 했습니다. 칠칠맞지 못한 친구를 용서할 수 없다고 생각하는 마음이나 상대를 나무라는 듯한 어조가 자기 어머니를 꼭 닮아서 "제가 어머니의 로봇인 것 같다"고 저에게 호소했습니다. 무척 건전한 반응입니다. 그래요, 어머니가 들려 있는 그녀는 어머니의 로봇입니다. 자신을 그렇게 느끼는 시점에서 그녀는 이미 어머니의 속박에서 한 걸음 내디딘 것입니다.

당신은 어머니의 로봇도 아니고 대리인도 아닙니다. 당신은 당신입니다. 그렇게 말한 순간 딸을 분신이라 생각하는 어머니는 '배신당했다'며 충격을 받겠지요. 네, "어머니의 기분을 상하지 않고" 어머니로부터 이탈하기란 불가능합니다. 연착륙을 택할지 경착륙을 택할지를 선택할 수 있을 뿐입니다. 어느 날 어머니에게 심하게 상처를 주어 평정심을 잃고 마음이 흐트러진 어머니한테서 "이제 부모도 자식도 아니다"라는 말이 나오게 만드는 경착륙을 피할 수는 있습니다. 그렇게 하려면 참을 수 있는 한계까지 견디기를 반복하지 않아야 합니다.

우선 어머니에게 비밀을 만드세요. 그것만으로 당신은 심정적으로 어머니보다 우위에 서게 됩니다. 사소한 일부터 어머니의 의향을 거스르면서, 딸이 생각대로 되지 않는다는 것을 학습하도록 하세요. 어머니의 의향과 자신의 의향이 어긋난다면 "엄마, 그건 엄마가 하고 싶은 거고 내가 하고 싶은 게 아니야" 하고 확실히 말하세요. 그렇지 않으면 학교 선택에 그치지 않고 머지않아 당신의 직장, 끝내는 배우자 선택까지도 간섭하려 들 겁니다.

당신이 부모에게서 떠나야 하는 것처럼 어머니도 자식에게서 떨어져야만 합니다. 당신이 자기주장을 하면 가정은 술렁거리고 어머니는 분개하며 모녀 관계가 원만하지 않게 되겠지요. 하지만 그것을 두려워해서는 안 됩니다. '착한 아이 가면'을 쓰고 있으면 언젠가는 당신에게 미래의 청구서가 날아들게 됩니다. 어머니를 원망하고 저주하고 용서할 수 없다고 생각하게 될 겁니다.

앞으로 어머니와 딸로서 좋은 관계를 맺기 위해 딸이 어머니를 이끌어나가야 하는 것은 무척 힘든 일이지만, 15세에 이런 질문을 한 당신은 어머니보다 훨씬 어른입니다.

29

어머니가
종교에 빠졌습니다.

상담자 : 학생, 20세.

Q 20세의 학생입니다.

어머니가 몇 년 전부터 묘한 책을 사거나 세미나에 참석하는 등 종교에 빠져 있습니다. 저와 오빠가 캐물어도 "빠진 게 아니야" 하며 화를 냅니다.

○○법칙이나 지구의 미래가 어떻다는 둥 종교에서 얻은 지식 이야기를 하기 때문에 저는 이야기를 피하며 지내고 있는데, 가끔은 이야기를 듣지 않는다며 화를 냅니다.

작년에 가족이 함께 쓰는 컴퓨터를 사고 나서는 더욱 심해졌습니다. 전업주부인 어머니는 이제 거의 하루 종일 종교 사이트를 들여다보고 있습니다. 이상한 사이트에 접속한 이력이 많이 남아 있었습니다.

사이트에 접속할 수 없도록 해놓았더니 어머니는 예사롭지 않게 분노를 터뜨렸습니다. 종교문제만 빼면 무척 좋은 어머니지만, 컴퓨터를 만지는 어머니의 등을 보면서 진심으로 어머니가 없어졌으면 좋겠다는 생각을 한 적도 있습니다.

어머니를 보기 싫어하는 오빠는 취직과 동시에 집을 나가 혼자 살고 있고, 평일에 일로 바쁜 아버지는 토요일에도 골프를 치러 나가 어머니와 부딪치지 않습니다. 못 본 척하며 체념하고 있는 모양입니다.

저는 일하기 시작하면 집을 나가려 합니다. 하지만 어머니를 혼자 두면 더욱 종교에 빠질 텐데, 저마저 내버려두면 어떻게 될까 싶어 불안해집니다.

지금은 의논할 수 있는 사람이 없습니다. 컴퓨터를 부숴버리고 종교 서적을 전부 태워버리자고 몇 번이나 생각했는지 모릅니다. 어떻게 하면 어머니가 종교를 그만두게 될까요?

주위에 강요하지 않는다면 내버려두는 게 어떨까요?

A 어머니가 종교가 아니라 한류에 빠져 있다면 괜찮은가요? 아이돌 그룹을 따라다닌다면 어떨까요? "종교에 빠져서" 곤란한 점이 뭔가요? 영문을 알 수 없는 말을 한다…, 가족 간의 의사소통은 진작 단절되어 있기 때문에 새삼 탄식할 일은 아니겠지요. 밖으로 나돈다…, 집에 가만히 있는 것보다는 낫겠지요. 이상한 책이나 물품이 는다…, 게임 카드나 피규어가 늘어나는 것과 같은 일이지요. 하루 종일 컴퓨터로 종교 사이트를 들여다본다…, 만남 사이트를 들여다보는 것보다는 낫겠지요. 사이트에 접속할 수 없게 했다고요? 당연히 화가 나겠지요. 성인 사이트 접속을 금지당한 어린애 취급을 당한 거나 마찬가지니까요. 종교는 취미의 일종이라 생각하고, 어머니가 당신이 이해할 수도 공감할 수도 없는 취미에 빠져 있다고 생각하며 내버려두면 되겠지요.

'빠지는' 것이 병이 되는 것은 주위의 인간관계나 일상생활에 지장을 초래하게 되었을 때입니다. 종교를 주위에 강요하게 되면 단호하게 거절하세요. 돈을 한없이 쏟아 붓게 되면 주의할 필요가 있습니다. 어떤 취미에도 한도라는 게 있는 법입니다. 용돈을 쓰는 정도라면 괜찮겠지만 그 이상은 그만두게 하세요. 돈이 부족해서 사채에 손을 뻗으면 적신호입니다.

빠지는 대상이 종교라고 해서 특별히 문제가 심각한 것도, 고상한 것도 아닙니다. 가족으로서는 좀 더 평판이 좋고 무난한 대상에 빠져주었으면 하고 바라겠지만, 일단 그게 알코올도 사채도 아니라는 사실에 안도하세요.

어머니가 종교에 빠지는 것은 뭔가 채워지지 않는 것이 있기 때문입니다. 그렇다고 해서 당신이나 다른 가족이 그것을 채워줄 수는 없습니다. 그런 관계는 진작 파탄이 난 것 같으니까요. 그보다 당신은 어머니와 함께 있기가 싫은 거죠? 그걸 솔직하게 인정하고 집을 나가세요. 보고 싶지 않은 상대를 보지 않으려면 거리를 두는 게 최고입니다. 어머니의 인생을 당신이 책임질 필요는 없습니다. 어머니의 인생을 당신이 변화시킬 수 있다고 생각하는 것도 무리입니다. 어머니의 문제는 어머니 자신이 마주할 수밖에 없습니다. 어머니가 스스로 〈고민의 도가니〉에 상담해오기를 기다립시다.

30

어머니와 몸을
교환하고 싶어요.

상담자 : 학생, 18세.

Q 18세의 학생입니다. 고민이라고 할 수 있을지 잘 모르 겠지만, 타인과 몸을 교환하는 방법을 묻고 싶습니다. 성격이나 기억은 그대로 두고 몸만 교환하고 싶습니다. 제가 몸을 교환하고 싶은 사람은 어머니입니다.

제 어머니는 곧 50세가 되지만 젊고 활기가 넘치는 사람입니 다. 일을 많이 하고, 쇼핑과 여행을 좋아합니다. 매일 화장하고 옷을 잘 맞춰 입으며 좋아하는 구두 중에서 마음에 드는 것을 골라 신습니다. 딸인 제가 말하기는 뭐하지만, 주위의 비슷한 나이의 사람들보다 젊고 예쁩니다. 저와는 비교가 안 될 만큼 아름다운 사람입니다.

어머니는 지금 대학에 다니며 딸 또래의 학생들과 함께 공부하고 있습니다. 평일에는 아침부터 밤까지 계속 공부하고, 휴일에는 할머니 수발을 들러 갑니다. 시험 기간에는 정말 쉬지를 않습니다. 하지만 어머니는 도중에 내팽개치는 법이 없습니다. 저는 어머니를 존경합니다.

그런 어머니를 응원하고 싶은 마음에 제 몸을 주는 게 어떨까, 하고 생각했습니다. 저는 재능도 없고 근성도 없는 낙오자지만 젊습니다. 체력, 그리고 길지도 모르는 미래도 있습니다. 저보다는 주위에서 필요로 하는 어머니가 오래 사는 것이 가치 있는 일이라고 생각합니다.

존재 자체가 방해물인 저를 지켜주는 어머니에게 아무것도 해줄 수 없는 자신이 싫어 견딜 수가 없습니다. 하지만 몸을 줄 수만 있다면 태어나서 처음으로 어머니에게 도움이 될 수 있을 것 같습니다.

어머니의 반응을 보는 게
어떨까요?

A 학생의 희망이 이루어진다면 어머니에게 몸을 준 이후
의 학생은 어떻게 될까요? 이 세상에서 없어지는 건가
요? 아니면 50세의 몸이 되는 건가요?

젊음을 받은 어머니가 정말 기뻐할지 어떨지 잘 생각해보세요.
딸이 자신보다 먼저 죽는다면 미칠 듯이 슬퍼할 것이고, 나이가
바뀐 딸이 자기보다 먼저 죽을 거라는 상상만으로도 슬퍼하겠
지요.

필시 학생은 그렇게 생각하지 않겠지요. "존재 자체가 방해물인
저"라고 썼는데 누구에게 방해가 되는 거죠? 어머니가 학생을
거추장스럽게 여기나요? 아니면 혹시 학생 자신이 어머니의 아
름다움을 손에 넣고 싶은 건가요? 그리고 마음에 들지 않는 몸
을 젊음과 함께 어머니에게 줘서 학생의 괴로움을 맛보게 하고
싶은 건가요?

학생은 어머니로부터 진심으로 사랑받았다는 느낌이 없는 거
아닌가요? '사랑한다'는 것은 소중히 여기고 싶다, 존중하고 싶
다, 행복해졌으면 좋겠다고 생각하는 일입니다. 어머니가 학생
을 사랑하고 있다면 학생의 생각을 기뻐할 리 없다는 확신을 갖
고 있지 않은 거죠? 어쩌면 어머니가 학생의 존재를 거추장스
럽게 여기는 게 아닐까, 하는 의심을 떨쳐버릴 수가 없는 거죠?

활기차고 유능하고 아름다운 어머니와 비교하여 학생은 열등감을 갖고 있습니다. 아마 지금의 어머니는 자기 일에 바빠 학생에게 눈을 줄 여유가 없겠지요. 그런 어머니에게 학생은 나를 봐달라, 내게 마음 좀 써달라는 신호를 보내고 싶은 거죠?

이 기상천외한 발상을 어머니에게 말해보세요. 그리고 반응을 살펴보세요. 일소에 부치며 너는 나보다 오래 살았으면 좋겠고, 너한테는 너의 장점이 있다고 말해줄지 어떨지, 그렇게 슬픈 생각을 하고 있었다니 엄마는 몰랐다며 껴안고 울어줄지 어떨지 살펴보세요. 상대해주지 않으면…, 어머니에게 사랑받으려는 생각을 그만두어야 합니다. 이제 학생은 이런 상담 내용을 혼자 신문사에 보낼 만큼 어른이니까요.

괜찮아요. 이제 학생은 어머니의 사랑을 받지 않아도 살아갈 수 있습니다. 왜냐하면 지금까지도 어머니를 상관하지 않고 자랐으니까요.

바쁘고 초조한 듯한 어머니에게 도움이 되고 싶다면, 집안일을 거들고 할머니 수발드는 걸 도와드리세요.

31

'결혼 활동'을
한다고 힐난합니다.

상담자 : 여성, 52세.

Q 풀타임으로 일하는 52세 여성입니다. 12년 전에 이혼했고, 두 아들이 취직하여 집을 떠난 것을 계기로 3년 전부터 곧 80세가 되는 부모님과 같이 살고 있습니다.

1년 전에 시작한 저의 '결혼 활동'이 원인이 되어 부모·여동생과 사이가 안 좋아졌습니다. 아들들은 응원해주지만 아버지와 여동생은 제가 결혼정보회사에서 상대를 찾는 걸 극구 반대합니다.

가입한 지 1년쯤 되었을 때 부모와 같이 살아도 괜찮다는 사람 둘을 알게 되어 이야기했더니 부모님은 절대 같이 살고 싶지 않다고 해서 큰 논쟁이 벌어졌습니다. 어머니는 파트너가 필요하다는 저의 마음을 이해해주었지만 아버지는 30년 전에 그렇게 반대했는데도 결혼하더니 예상대로 이혼한 저에게 남자 보는 눈이 없다고 단정하고 극력 반대합니다. 결혼정보회사 사이트에서 일어난 안 좋은 사건이 있기도 해서 결혼정보회사를 찾는 남자는 변변치 않다고 단정하고 있습니다. 이제 곧 손자가 태어나면 행복하지 않겠느냐고 말합니다.

저는 마음의 버팀목이 될 사람이 필요하고, 아들들에게 부담을 주고 싶지 않습니다. 어머니가 두 달쯤 전에 몸이 안 좋아졌는데 여동생은 저의 결혼 활동 탓이라며 저를 힐난합니다. 기가 센 여동생은 가정생활을 잘 꾸리고 있어서 그런지 저를 깔봅니다.

야반도주나 다름없이 이혼하고 폐를 끼쳤을 때의 일은 부모와 여동생에게 감사하고 있지만, 저는 앞으로의 인생을 전향적으로 생각하고 싶습니다. 제가 계속 홀몸으로 있으면 모든 게 원만히 수습될까요?

부모를 계속
원망하지 않으려면

A "마음의 버팀목이 필요해서 결혼 활동"을 한다고요? 처음 읽고 본말이 전도된 게 아닐까 생각했습니다. 순서로 보면 마음의 버팀목이 되는 사람을 만나고 나서 이 사람과 계속 같이 살고 싶다, 그렇다면 결혼하자고 생각하는 것이 일반적이 아닌가요?

결혼이 마음의 버팀목이 되지 않는다는 것 정도는 한 번 이혼했으니 이미 경험했을 텐데요. 결혼하면 파트너를 얻는다고 생각하는 것 같은데, 어떤 파트너인가에 따라 다릅니다. 있으면 좋은 파트너가 있고 없는 게 나은 파트너도 있습니다.

이상하게도 통계에 따르면 결혼한 적이 있는 사람이 남녀 모두 질리지도 않는지 결혼을 되풀이하는 경향이 있습니다. 그에 비해 결혼한 적이 없는 사람은 앞으로도 계속 결혼하지 않을 확률이 높다는 결과가 나왔습니다. 결혼에 환상을 가진 사람은 어떤 현실에 직면해도 그 환상, 아니 망상이 사라지지 않는다는 뜻일까요?

늙은 부모는 자녀의 행복보다는 자신의 안정에 더 관심이 있습니다. 그 사실을 명심해두세요. 부모의 관심은 일상의 평안이 계속되는 것뿐입니다. 자녀 양육이 끝난 딸이 요양보호 요원으로 대기하고 있는데, 거기에 잡음이 생기는 것이 싫은 건 당연하겠지요.

아들을 다 키워낸 당신은 이제 자신의 행복을 고려해도 좋다고 생각하게 된 것이네요. 행복해지고 싶다면 부모님에게 의논하는 건 그만두세요. 그전에 비록 고령이겠지만 부모님의 집에서 나오는 것이 먼저입니다. 풀타임으로 일한다면 자립할 수 있는 거잖아요. 나갈 거면 부모님이 아직 건강할 때 나가야 합니다.

그런 다음에는 결혼 활동을 하는 것도 자유, 연애하는 것도 자유, 연애에 실패하는 것도 자유입니다. 그것이 어른의 자유입니다. 그때는 아무에게도 폐를 끼치지 않고 좋아하는 파트너를 고를 수 있습니다. 요컨대 결혼보다 당신의 자립이 먼저입니다.

네, 요양보호가 시작되면 어떻게 하느냐고요? 따로 살면서 부모님 집에 다니세요. 여동생과도 마땅히 역할을 나누세요. 같이 살 필요는 전혀 없습니다. 아무리 비난을 받더라도 귀 기울일 필요가 없습니다.

부모의 행복보다 자신의 행복이 더 중요합니다. 그렇습니다. 자신의 에고이즘과 마주하고 그것을 긍정하는 것이 살아갈 각오라는 것입니다. 그렇지 않으면 당신은 언젠가 시작될 수밖에 없는 부모님 돌보기를 하며 그때 자신의 행복을 방해한 부모를 계속 원망하게 될 겁니다.

32

부모님을
가설주택으로 돌려보냈습니다

상담자 : 여성, 38세

Q 38세 여성입니다.

동일본 대지진으로 피해를 입은 부모님이 가설주택에서 살고 있습니다. 저는 거기에서 도보로 30분쯤 걸리는 아파트에서 혼자 삽니다.

대지진 당시에는 부모님을 모실 생각으로 같이 살기 시작했습니다. 하지만 저는 원래 아버지와 충돌이 끊이지 않아 아파트를 구입해 독립했던 것이라 대지진으로 부모님이 피난 오신 걸 원망하지 않았습니다. 같이 산 지 두 달쯤 지나며 숨 막힐 것 같은 나날에 한계를 느끼기 시작할 무렵, 관청으로부터 가설주택이 완성되었다는 연락을 받고 부모님이 그곳으로 옮겨갔습니다.

내쫓았다는 자책감도 들었지만 솔직히 안도감이 들었습니다. 그렇다고 부모님을 사랑하지 않는 것은 아닙니다. 대지진 전에도 이따금 만날 때는 좋은 관계를 유지했기 때문입니다.

물론 사는 집이고 뭐고 다 잃어버린 부모님을 딱하게 여기고, 힘이 되어주고 싶기도 합니다. 그런 마음과 부모님을 제 집에 모시고 보살펴드리지 못해 죄송한 마음 사이에서 고민하고 있습니다.

그래서 우에노 선생님의 의견을 듣고 싶었습니다.

어쩌면 그 답변이 지금의 제 상황을 긍정해준다거나 나날의 갈등을 푸는 구원자가 되어주지 않을까 하는 희망을 품고 상담을 신청합니다.

적당한 거리를 두는 게 좋다는
사실을 알고 있지 않았나요?

A 지명을 받은 우에노입니다. 네, 당신은 '현재 상황의 긍정'과 '구원'을 바라고 있네요. 당신의 선택은 옳았습니다! 제 답변은 틀림없이 당신의 현 상황을 긍정해주겠지요. 이거야말로 인생 상담의 올바른 사용법입니다(웃음).

세상에는 집으로 간단히 해결할 수 있는 일이 있는 법입니다. 만약 당신이 별채가 딸린 저택에 살고 있거나 별관이 딸린 두 세대용 아파트에 살고 있다면 주저하지 않고 부모님과 함께 살기를 택했겠지요. 물리적인 거리가 있으면 원만한 관계, 예컨대 각자 따로 방이 있는 형제, 하숙하는 아들과 부모, 홀로 임지에서 사는 남편과 아내 등 적당한 거리가 있기에 원만한 관계는 무척 많습니다. 집으로 해결할 수 있는 문제는 집으로 해결하세요. 당신은 같이 사는 길을 택할 필요가 전혀 없습니다. 이것으로 답변은 끝입니다.

그런데 당신이 자책하는 것은 재해를 입어 가설주택에 들어간 부모님의 불편함이 자신의 책임일지도 모른다고 생각하기 때문입니다. 부모님이 재해를 입은 것은 안된 일이지만, 그것은 천재(天災)입니다. 당신 때문이 아닙니다.

뭣하면 차라리 당신의 아파트를 부모에게 제공하고 당신이 가설주택으로 들어가는 선택지도 있습니다. 불편함을 견디는 적응력은 젊은 사람이 더 크니까요. 효녀인 당신은 부모 가까이에 있어주자, 힘이 되어주자고 생각하는 것만으로도 충분합니다. 같이 사는 것만이 효도는 아닙니다.

이런 상담을 하는 것은, 대지진 전부터 부모님의 집에서 나와 혼자 생활하는 자신이 불효자라고 자책하는 마음이 어딘가에 있기 때문입니다. 게다가 결혼하지 않고 혼자 사는 딸은 부모와 같이 사는 게 당연하다는 세상 사람들의 눈에도 노출되어 있겠지요.

그렇다면 앞으로도 요양보호가 필요하게 된 부모와 같이 살지 않는 것은 불효자이고 배우자가 먼저 세상을 떠나 혼자가 된 부모를 모시지 않는 것도 불효라고 고비 때마다 자책하며 평생을 살아야 합니다.

당신은 일단 집을 나가 거리를 두어야 부모님과의 사이가 원만할 거라는 사실을 잘 알고 있을 것입니다. 어쩌면 아파트에서 나간 부모님도 안도하고 있을지도 모릅니다. 재난을 당한 후 같이 산 것은 비상시의 일이고, 어디까지나 일시적이라고 생각하세요. 평상시로 돌아오면 원래대로 거리를 두는 게 좋다는 것은 이미 입증되었습니다. 부모에게도 주위 사람들에게도 이 사실을 이해시키고 앞으로도 적당한 거리를 두고 사세요.

허리 아래 고민에 답변 드립니다

제5장

자식에게서
떨어지지 못하는
부모들

33

고등학생 딸에게
배신당했습니다.

상담자 : 주부, 55세

Q 55세의 주부입니다.

'모르는 편이 나았다'는 사실이 저에게도 일어나고 말았습니다. 4개월쯤 전에, 고등학교 3학년인 딸이 임신하고 그 후 낙태를 했다는 중대한 비밀과 배신을 딸의 지인 어머니에게 듣고 알게 되었습니다.

이 얼마나 주의가 부족하고 어리석고 한심한 어머니인 걸까요. 이날 이때까지 아무것도 모르고 있었습니다. 한 살 많은 남자친구가 있다는 것은 알고 있었지만요.

무엇보다 비참하고 슬픈 것은 지금까지 딸이 전혀 흐트러짐 없이 평범하게 살아왔다는 사실입니다. 그 엄청난 사건을 어떻게 처리한 것인지, 내색도 하지 않은 태도에 어쩐지 두려움마저 느낍니다. 죄책감이나 자책감은 없는 걸까요?

또한 어머니로서 무엇보다 슬픈 것은 딸이 그런 사람, 제가 가장 싫어하는 윤리적으로나 도덕적으로 용서할 수 없는 짓을 한 사람이 되어버렸다는 사실입니다.

제가 학력 때문에 열등감이 커서 딸에게 대학 입시를 보게 했다가 실패한 일과 저희 부부 사이가 좋지 못하다는 것 등 다양한 원인이 큰 영향을 끼쳤을지도 모릅니다.

지금 제 안에서는 어머니로서의 자책감과 상실감, 그리고 딸에 대한 혐오감이 서로 다투고 있는 상황입니다. 딸에게는 아직 추궁하지 않았습니다. 조언을 부탁드립니다.

"미안하다"고 말하는 것에서부터
시작하세요.

A 음, 이 질문은 몇 번을 읽어도 불가사의하게 느껴집니다. 딸에 대한 당신의 애정을 느낄 수가 없어서입니다. "어머니로서 무엇보다 슬픈 것"은 우선 무엇보다도 '딸에게 이렇게까지 신뢰받지 못했다는 사실'이 아닐까요. 당신은 어렴풋이 이를 알고 있지만, 인정하기가 너무 두려워 모든 원인을 딸에게 전가함으로써 딸을 더욱 그런 사람으로 몰아대고 있지 않으세요?

고등학교 3학년 소녀가 바라지도 않은 임신을 하고, 그것을 부모에게 의논도 하지 못한 채 "흐트러짐 없이 평범하게 지내기" 위해 얼마나 많은 노력을 했을까요. 딸의 "내색도 하지 않은 태도"에서는 무슨 일이 있어도 어머니에게는 알리지 않겠다는 굳은 의지가 읽힙니다. 왜냐하면 어머니가 자신을 질책하고 비난할 것이라는 사실을 알고 있기 때문입니다. 지금까지의 인생에서 가장 큰 위기라고 할 만한 사태에 대해, 어머니가 괴로움을 함께 나누고 자기편이 되어줄 거라는 기대를 조금도 할 수 없기 때문입니다. 그리고 그런 기대를 가질 수 없다는 것을 확실히 알 수 있는 부모 자식 관계가 이미 오랜 기간에 걸쳐 계속되고 있으니까요. '배신'이란 신뢰가 있어야 쓸 수 있는 말입니다. 당신이 말하는 '배신'은 딸이 자신의 생각대로 되지 않았다는 것에 대한 분함과 분노입니다.

당신의 상담 내용은 모두 이상과 같은 저의 해석을 뒷받침하는 것들뿐입니다. 서두가 상징적입니다. "모르는 편이 나았다"면 딸이 원조교제를 하거나 폭식증에 걸려도 '모른' 채 딸이 '착한 아이 가면'을 쓰고 있기만을 바랐던 건가요? 그리고 딸은 그 기대대로 했던 거 아닌가요?

딸은 바라지 않은 임신과 낙태로 이미 충분히 상처를 입었습니다. 그런 딸을 '나쁜 사람'으로 내몬 것은 다름 아닌 당신입니다.

그렇다 하더라도 당신은 자신에게도 잘못이 있을지도 모른다고 어렴풋이 느끼고 있기도 합니다. 자신의 지배욕, 세상에 대한 체면, 남편과의 불화 등 당신 자신이 거짓으로 다진 생활을 하고 있는 것이 딸에게도 영향을 미친 게 아닌가 하고 말이지요.

마지막 질문이 구원입니다. '딸을 어떤 마음으로 어떻게 대해야 할지' 조언을 구한다면 딸을 "추궁해서는" 안 됩니다. 그 대신 "네가 어려울 때 도와주지 못해 미안하다"는 말부터 해주세요. 당신이 앞으로라도 딸과의 관계를 쌓아나가고 싶다고 진정으로 생각한다면 말이에요.

34

딸에게 그만
심한 말을 하고 말았습니다.

상담자 : 주부, 40대

Q 꼭 우에노 지즈코 선생님께 물어보고 싶습니다.

저는 40대 주부로 남편, 17세인 딸, 13세인 아들과 함께 살고 있습니다. 아들이 태어나고 딸이 네 살 때 제멋대로 학대를 하고 말았습니다. 소리도 내지 않고 우는 딸을 보고 "아아, 어떻게 그런 심한 짓을 했을까. 나는 어머니가 될 자격이 없어, 인간이 될 자격도 없어" 하며 자책을 하고 딸에게 진심으로 빌었습니다. 두 번 다시 학대하지 않겠다고 약속하고 자신에게도 맹세했습니다.

그런데 최근 딸과 싸울 때 딸이 "나를 학대했지? 이런 짓, 저런

짓도 했잖아?"라고 말하는 겁니다.

저는 "정말 미안해. 사과해도 용서하지 않겠지만 정말 미안해" 하며 사과했습니다. 하지만 딸이 기분이 언짢을 때는 몇 번이고 저를 비난하기 때문에 분명히 말하고 말았습니다. "엄마 아빠는 결혼했을 때부터 사이가 안 좋아서 이혼하려고 했는데 널 임신하고 있었어. 그래서 이혼도 못하고 지금도 아빠한테 노예처럼 당하고만 있어서 불행해. 네가 태어나지 않았으면 좋았을 거야. 네가 정말 싫어"라고요.

그 이후로 딸은 두 번 다시 말을 하지 않습니다. 남편은 이런 일을 모르고 있고, 남편 앞에서 딸은 무척 착한 아이입니다. 지금도 저는 남편을 사랑하지 않습니다. 그저 같이 생활할 뿐입니다. 앞으로 어떻게 하면 좋을까요? 저는 이제 딸에게 사과할 마음이 없습니다.

딸에게 몇 번이고
사과하세요.

A 여자의 인생은 정말 슬프네요. 임신했다는 이유로 사랑
하지도 않는 남편과 헤어지지도 못하고, 한 번도 아니고
두 번이나 임신해서 두 아이의 어머니가 되고, 소중한 딸을 학
대하고, 그 딸의 미움을 받고, 그런데도 그런 생활에서 벗어나
지 못하다니 말이에요. 언제까지 이런 슬픈 상담을 받아야만 할
까요.

아무쪼록 기억해두세요. 어머니가 원하지 않는 생활 때문에 괴
로워할 때 어머니의 괴로움을 목격하는 것만으로도 아이는 학
대를 당한 것이라는 사실을요. 당신은 남편에게 받은 억압을 더
욱 약한 아이에게 발산함으로써 약한 자를 괴롭힌 것입니다.

저는 딸이 불쌍해서 견딜 수가 없습니다. 그렇지 않아도 아이는
어머니의 불행을 보고 그 불행의 책임이 자신에게 있는 게 아
닐까, 하고 생각하는 갸륵한 동물입니다. 그런데 어머니로부터
"내 불행은 네가 원인이다"라는 선고를 받고, 죄도 없는데 "네
가 태어나지 않았으면 좋았을 텐데"라는 말을 듣다니요. 아직
부모의 도움이 필요한 사춘기 딸입니다. 부모에게 버림받았다
는 생각에 자신의 존재 근거가 무너질 정도로 고통을 받았겠지
요. 자해나 자살로 이어진다면 당신은 평생 후회할 겁니다.

사춘기 딸은 어머니에 대해 가차 없는 비판자입니다. 좀 더 시

간이 지나면 어머니가 처한 처지를 이해하고 동정하겠지만, 지금은 그 과도기라고 생각하세요. "이제 딸에게 사과할 생각이 없습니다"라고 말했지만, 이런 상담을 하는 것은 당신이 딸에게 너무 심한 말을 했다고 후회하고 있기 때문입니다. 몇 번이라도 딸에게 사과하세요. 하지만 그때마다 깨끗이 사과했다면 계속 투덜거려서는 안 됩니다. 그리고 엄마가 왜 이 불행에서 벗어날 수 없는가를 성심성의껏 딸에게 설명해주세요.

어머니의 불평을 들어주는 역할을 맡게 된 딸은 빨리 어른이 될 것을 강요받겠지만, 그래도 어머니를 미워하는 것보다는 어머니의 맹우가 되는 것이 더 낫겠지요.

그런데 앞으로도 남편과의 불행한 생활을 죽을 때까지 계속할 생각인가요? 불행한 어머니는 아이를 불행하게 합니다. 어떤 방법으로든 우선 당신 자신이 불행에서 벗어나야 합니다. 그리고 그것이야말로 제 어머니가 살아계실 때 제가 어머니에게 전하고 싶었던 메시지입니다.

35

세 아이를 혼자 키웠건만
자식들에게 서운합니다.

상담자 : 주부, 62세.

Q 62세의 주부입니다.

자영업자였던 남편은 부도 직전이던 50세에 병사했습니다. 저는 세 아이를 데리고 일자리를 얻어 필사적으로 살아왔습니다. 입에 풀칠하기가 고작이어서 대학생·고등학생인 아이들의 학비를 비롯해 많은 부분을 친정어머니에게 의지했습니다.

아이들에게는 "할아버지·할머니께 도움을 받았으니 시간이나면 놀러 가서 고맙다고 인사드려"라고 말해왔습니다. 아이들은 월급이나 보너스를 받으면 늘 할아버지와 할머니가 좋아하는 것을 사들고 얼굴을 비추러 갔습니다.

정말 착한 아이로 자랐다고 생각했습니다. 셋 모두 결혼하여 독립했습니다. 저 혼자만 남겨두고요. 2년 전 부모님이 돌아가셔서 저는 혼자 생활하고 있습니다.

그런데 아이들이 저한테는 어머니의 날에도 생일에도 아무것도 해주지 않습니다. 결혼할 사람의 어머니와는 함께 여행을 가기도 하는데 말이지요. 제가 잘못 키운 걸까요? 어떤 마음으로 키웠는데, 하는 생각에 비참해집니다. 모두 건강하고 사이좋게 살아가고 있으니 잘된 거라고 스스로를 타이르기도 하고, 어떨 때는 내가 그렇게 고생하며 키웠는데 하는 생각을 하기도 합니다. "~했는데, 라는 말이 붙으면 불평이 나온다"고 하더니, 저도 사이가 좋은 부모 자식을 보면 부럽습니다.

고혈압·무호흡증·유방암 등이 있지만 요가·어학·수예 등의 취미도 있고 친구도 있습니다. 하지만 어쩔 수 없이 쓸쓸할 때가 있습니다. 평온한 마음으로 살아가기 위한 마음가짐을 가르쳐주세요.

부모에 대한 평가는
태도나 말이 아닙니다.

A 축하합니다. 부모 노릇을 훌륭하게 졸업하셨군요. 여자 혼자 힘으로 세 아이를 키우고 그중 누구도 기식자가 되지 않고 각자 결혼하여 독립했으니까요. 게다가 부모님을 돌아가실 때까지 돌보았고 혼자가 되었으며 지병이 있기는 하지만 여러 취미 생활을 즐기고 친구도 많고…, 남부럽지 않은 생활을 하고 있는데, 더이상 뭐가 불만인가요? 자립할 수 없어 기식자로 지내는 아들이나 딸을 가진 늙은 부모가 얼마나 마음고생을 하는지 안다면 "부럽다"는 말은 할 수 없을 겁니다.

혼자 그렇게까지 고생해서 자식들을 키워냈다는 사실을 누군가에게 인정받고 싶은 거네요. 특히 자식들로부터요. 하지만 부모 노릇에 대한 평가라는 게 자식들이 말이나 태도로 감사를 표함으로써 얻어지는 걸까요? 아이들도 아버지가 먼저 돌아가셔서 함께 고생했을 겁니다. 그 아이들이 훌륭하게 자라 "건강하고 사이좋게" 지내고 있는 것이 당신에 대한 최대의 평가가 아니고 무엇이겠습니까.

자식들이 당신에게 신경을 쓰지 않는 것은 당신이 혼자 건강하게 생활하고 있다는 사실을 알고 있기 때문입니다. '장모(시어머니?)'와 여행을 가는 것은 남이니까 그런 겁니다. 신경을 쓰지 않으면 유지할 수 없는 관계라서 그렇겠지요. 당신이 유방암에 걸렸을 때 자식들은 어땠습니까? 당신이 입원하거나 요양보호가 필요해진다면 달려오겠지요. 생일이나 어머니의 날이나 여행은, 가족이라는 것을 서로 확인하는 의례 같은 것입니다. 당신의 자식들은 그런 의례가 없어도 어머니와의 유대가 강하다고 생각하고 있을지도 모릅니다.

하지만 양육을 끝낸 부모와 성인이 된 자식은 다시 한 번 서로에게 거리를 두고 가족의 유대를 재구축해야 할지도 모릅니다. 그러자면 가끔 의례가 있어도 좋겠지요. 예를 들어 "저번에 내 생일에는 케이크를 사와서 혼자 축하했어" 하는 식으로 시위를 하는 것도 좋은 방법일 수 있습니다. 제 어머니도 생일이나 어머니의 날이 다가오면 "얼마 안 남았구나" 하고 반드시 주의를 환기하는 편지나 전화를 했습니다. 다만 의례는 서먹서먹한 사이에나 필요한 것이라 생각하고 체념하세요.

36

아이가 없는
장남 부부가 딱하고 가엾습니다.

상담자 : 주부, 50대

Q 50대 주부입니다. 장남 부부의 일로 상담합니다.

장남 부부는 둘 다 보육교사로 일하고 있습니다. 남들보다 훨씬 아이를 좋아하고 아이의 마음을 키워가는 일에서 삶의 보람을 느끼는 모양입니다.

다만 안타깝게도 아직 자기네 아이가 없습니다. 나이도 있고 해서 불임 치료를 받고 힘든 체외 수정도 여섯 번쯤 도전했습니다. 하지만 지금까지는 좋은 결과가 나오지 않았습니다. 정말 딱하고 가엾어서 견딜 수가 없습니다.

며느리는 마음씨가 곱고 심지가 굳은 아이입니다. 실패했을 때는 "기력 · 체력 · 경제력을 다 썼는데도 실패했지만, 약해진 마음을 다잡고 다시 한 번 열심히 해보겠습니다"라는 문자를 보내왔습니다.

저는 그 문자를 읽고 눈물이 그치지 않았습니다.

세상은 순서대로는 안 되는 것이라, 나중에 결혼한 둘째 아들 부부에게 먼저 아이가 생겼습니다. 저에게는 첫 손자입니다. 손자를 얻은 건 기쁜 일이지만 장남 부부의 마음을 생각하면 가엾기 짝이 없고 이 세상의 부조리함을 생각하게 됩니다. 정말 힘든 나날입니다.

어떻게 해볼 도리가 없는 문제인 줄은 알고 있습니다. 지켜볼 수밖에 없겠지요.

이런 입장일 때는 대체 어떤 마음으로 이겨내야 좋을까요? 도와주세요.

마음은 태도로
전해집니다.

A 이런 질문은 곤란합니다. 이건 누구의 고민이죠? 장남? 며느리? 아니면 당신 자신의 고민인가요? 아무도 타인의 고민을 대신해줄 수 없습니다. 이 질문을 장남 부부가 직접 했다면 모르겠지만, 대리 투고 같은 거라면 답해줄 수가 없습니다.

우선 장남 부부의 고민과 당신의 고민을 나눠봅시다. 힘든 사람은 당신 자신입니다. 아이가 생기지 않는 큰며느리를 당신이 보기 힘들다, 어떻게 대해야 좋을지 모르겠다는 고민인가요?

장남 부부에게 아이가 없는 것을 걱정하는 것은 당신 자신이 아닌가요? 아이가 없는 며느리에게 당신 자신이 실망한 게 아닌가요? 어쩌면 아이가 없는 여자는 어엿한 여자가 아니라고 생각하는 건 아닌가요? 그런 당신의 시선이 며느리를 궁지에 몰아넣고 있을지도 모릅니다. 그러잖아도 불임 치료는 심신에 부담이 많이 가는 일입니다. 좋은 결과가 나오지 않는 것만으로도 괴로울 텐데, 걱정하고 있는 시어머니에게 "열심히 노력하겠다"라고 보고하는 며느리는 얼마나 기특한가요? 그러니 적어도 아이를 가져야 한다는 부담만은 덜어줘야 하지 않겠습니까?

아이를 좋아해서 보육교사를 직업으로 택한 사람끼리 비록 자기네 아이가 없더라도 프로로서 긍지를 갖고 살아가는 길을 선택할 수도 있습니다. 아이를 낳거나 낳지 않는 것은 본인들의 문제입니다. 설사 부모라고 해도 참견해서는 안 됩니다.

당신의 역할은 오히려 아이를 낳아야 한다는 압력으로부터 그녀를 해방시켜주는 것입니다. 낳아도 낳지 않아도 나는 괜찮다, 너희들의 인생이니까, 아이를 낳는 것만이 행복은 아니다, 라고 당신이 먼저 생각할 수 있느냐가 중요합니다. 대를 잇기를 기대하는 것도 아닐 거고, 아이가 없으면 인생이 캄캄해지는 것도 아닙니다.

마음은 저절로 태도에 드러납니다. 아이 없는 여자를 가엾게 생각하는 당신이 며느리가 느끼는 스트레스의 원인 가운데 하나라는 사실을 자각하세요.

옛날도 지금도 아이는 하늘이 점지해주는 것입니다. 가지겠다고 해서 계획대로 되는 것은 아닙니다. 사람의 삶과 죽음 같은 인간의 힘이 미치지 못하는 일 앞에 세상 사람들이 좀 더 겸허하기를 바랄 뿐입니다.

37

자신감을 상실한
딸이 걱정입니다.

상담자 : 주부, 50대

Q 59세 여성입니다. 7년 전, 대학을 졸업한 딸이 음악 공부를 시작하고 싶다며 다시 음대 시험을 보게 해달라고 했습니다. 딸이 음악을 좋아하는 것은 알고 있었기 때문에 국립이면 가도 괜찮다고 허락했지만 떨어졌습니다. 그 결과 취직할 기회를 잃고 비정규직으로 사회생활을 시작했습니다.

여자의 경우 처음에 정규직이 되지 못하면 그 이후에는 힘든 모양인지 지금까지 수십 번이나 응시했지만 서류 심사에서 떨어졌습니다. 자신감을 잃고 열등감에 빠져 뭘 해도 잘 안 되어서 때때로 심리 상담을 받으러 가기도 합니다.

지금은 아르바이트를 하며 구직 활동을 계속하는데, 남자와 만날 기회도 없이 어두운 표정을 하고 있는 딸을 보면 부모로서 어떻게 해야 좋을지 모르겠습니다.

언젠가부터 딸과 저는 사이가 안 좋아져 딸은 집을 나가 혼자 방을 얻어 살고 있습니다. 하지만 집세를 낼 수 없기 때문에 연금 생활을 하는 우리가 매달 도와주고 있습니다. 도움을 주는 건 어쩔 수 없는 일이라고 생각하면서 돈을 보내지만, 앞으로도 이런 생활이 계속되면 저희도 딸도 파탄 나고 말 겁니다.

지금처럼 계속 정규직 응시를 해야 할까요? 결혼을 했으면 좋겠는데 그럴 생각이 없다고 하고, 자신감을 잃은 딸을 좋아해 줄 사람이 나타날 것 같지도 않습니다. 어떻게 해야 좋을지 남편과 저는 망연자실하고 있습니다.

딸에게 부모님의 각오를
보여주세요.

A 어머, 환갑 직전인 저와 같은 세대로군요. 양육을 끝내고 이제 슬슬 자신의 노후 준비를 시작할 나이네요. 딸이 '불량채권'이 되어서는 안심하고 지낼 수 없겠지요.

음악을 하며 살아가려면 대학을 졸업하고 나서 전문 교육을 받는 것은 너무 늦습니다. 음대에 진학하고 싶다는 이야기를 들었을 때 졸업하면 진로를 어떻게 할 것인지, 만약 음대 입시에 실패하면 그때는 어떻게 할 것인지 딸과 제대로 이야기를 했나요? 아니면 취미의 일환으로 괜찮을 거라고 생각했나요?

그런 안이한 전망의 배후에는 언젠가 결혼할 거니까 딸의 독립 같은 건 생각하지 않아도 된다는 생각이 있었던 건 아닌가요? 만약 아들이었다면 그런 계획에 찬성했을까요?

"결혼했으면 좋겠다"는 말은 부모를 대신해서 경제적으로 의존할 상대를 찾았으면 좋겠다는 뜻인가요? 결혼이 "상대의 예쁨을 받는 것"이라고 생각하는 한 결혼 같은 건 할 수 없습니다. 우리 세대에는 가능했을지 모르는 그 해결책은 딸의 세대에는 성립하지 않습니다.

이런 상담은 사실 어려움을 겪고 있는 딸 본인이 하는 게 좋습니다. 당신 자신의 고민은 뭔가요? 딸 걱정에서 해방되어 편해지고 싶다는 건가요? 그렇다면 자식에게서 떨어져야 합니다.

딸은 30세 전후의 나이입니다. 지금부터라도 결코 늦지 않습니다. 지금의 사회 연령은 생물학적인 연령에 0.7을 곱한 정도니까 이제야 성인이 되었다고 생각하세요. 딸이 이미 집에서 나가 있다면 이는 뜻밖의 행운입니다. 일단 돈 보내는 걸 그만두고 자신의 경제력에 맞춰 생활하도록 해야 합니다. 요즘은 셰어하우스 등 임대료가 싼 공동주택도 있습니다. 딸이 아무리 가난하게 살더라도 꾹 참아야 합니다. 돈을 줄 때는 반드시 차용증을 받으세요. 다만 이런 약속은 갑자기 일방적으로 밀어붙여서는 안 됩니다. 딸과 마주하여 정확히 이야기를 나누며 부모의 각오를 보여주어야 합니다. 그런 다음 자신의 길을 찾는 것은 딸의 과제입니다.

부모 노릇의 목표는 어느 날 자식으로부터 "이제 필요 없어요"라는 말을 듣는 것입니다. 당신은 그 목표를 지향한 것이 아니었네요. 노후의 안심을 위해서는 자식의 자립이 핵심입니다.

38

컴퓨터에 몰두하는
딸이 걱정입니다.

상담자 : 남성, 40세

Q 40세 남성입니다. 중학교 1학년인 큰딸이 잠자는 시간 까지 아껴가며 컴퓨터 앞에 앉아 있는 게 걱정입니다.

가까운 공립 중학교에 다니는 딸은 집에 돌아오자마자 거실에 있는 컴퓨터 앞에 앉아 있다가 저녁을 먹고 나서도 계속 앉아 있습니다.

인터넷으로 애니메이션을 보거나 모니터에 일러스트를 그리거 나 합니다. 친구들과 채팅을 하거나 메일을 주고받느라 분주한 모양인지 불러도 "어", "응" 하고 건성으로 대답할 뿐입니다. "적당히 좀 해라"라고 나무라면 곧장 기분 나빠하며 자기 방에

틀어박힙니다.

클럽 활동과 학생회 일도 하고 있으며 지금까지는 성적도 좋은 편입니다. 다만 가족과 별로 대화도 나누지 않고, 달리 아무것도 하지 않으며 심야까지 넋을 잃고 화면을 들여다보는 모습은 이상한 느낌을 줍니다.

컴퓨터를 만지는 것이 나쁘다고는 생각하지 않습니다. 저도 중학생 시절에는 만화만 보다가 부모에게 꾸중을 들었습니다. 하지만 그 외에도 레코드를 듣기도 하고 프라모델을 만들기도 하는 등 시간을 다양하게 썼다고 생각합니다. 물론 휴일에는 밖에서 놀았습니다만, 딸은 나가는 것을 싫어합니다.

책이나 음악CD를 추천해주기도 했지만 전혀 반응이 없습니다. 그런 누나를 보고 있는 초등학생 아들도 컴퓨터에 흥미가 무척 많아 누나처럼 될 가능성이 농후합니다. 컴퓨터의 포로가 된 딸에게 그 이외에도 다양한 즐거움이 있다는 걸 알려주려면 어떻게 해야 좋을까요?

사춘기의 신호를 읽지 못하는
당신이 문제!

A 당신의 고민이 왜 '고민'인지 전혀 이해할 수가 없습니다. 중학교 1학년인 딸이 병에 걸린 것도 아니고, 등교 거부를 하는 것도 아니고, 손목을 긋는 것도 아니고, 폭식증에 걸린 것도 아니고, 집단 괴롭힘을 하지도 당하지도 않고, 클럽 활동도 학생회 일도 하고, 채팅을 하거나 메일을 주고받는 친구들도 많고, 성적도 좋고, 게다가 잠자는 시간도 아껴가며 몰두하는 컴퓨터라는 대상이 있고, 그렇다고 만남 사이트에 열중하는 것도 아니고, 애니메이션이나 일러스트 등의 창작 활동에 의욕을 갖고 있고…, 다른 아버지들이 보면 부러워할 만한 자랑스러운 딸일 겁니다. 딸의 어디가 불만인 거죠???

아하, 아빠를 돌아보지 않나요? 아빠가 하는 말을 듣지 않게 되었다고요? 사춘기 딸은 원래 그런 겁니다. 딸이 아버지에게 거리를 두고 싶다는 확실한 신호를 보내는데 그 신호를 읽어내지 못하는 당신이 문제입니다.

"다양한 취미"라고요? 인터넷의 광활함을 모르는군요. 인터넷에는 당신이 좋아했던 만화도 음악도 피규어도 다 있습니다. 그뿐 아니라 그 이상의 세계로 들어가는 입구가 있습니다. 다시말해 책이나 음악 CD 등 자신이 좋아한 것을 딸이 좋아해주지 않는다고 탄식하고 있는 거네요. 딸에게 응석부리는 사람은 당신입니다. 분명히 말하겠는데 짜증스럽습니다. 그래서 당신이 미움을 받는 겁니다.

아이와의 관계는 성장 단계에 따라 변합니다. 따라가지 못하는 것은 부모 쪽입니다. 그 시기의 부모 역할은 멀리서 지켜보는 것입니다. 그리고 도움을 요청할 때 확실하게 손을 내뻗어야지요. 그런 점에서 컴퓨터가 거실에 있는 것은 좋은 일입니다. 자극을 받은 남동생도 장래 얼마나 큰 인물이 될지 모릅니다.

컴퓨터보다 즐거운 일이라고요? 컴퓨터는 아무리 몰두해도 어차피 가상의 세계입니다. 실제 세계가 즐거워지면 자연히 균형을 잡을 수 있습니다. 딸은 가상 세계에서 실제 세계로부터의 도피처를 찾는 경향이 보이지 않으니 전혀 걱정할 필요가 없습니다. 네? 아니면 실제로 섹스나 마약에라도 빠지는 것이 나았나요?

'결국은 내 딸'이라 생각하고, 그만 하면 잘 하는 거라며 딸을 지켜봐주세요.

39

빗나간 대화밖에
할 줄 모르는 큰아들

상담자 : 주부, 40대

Q 40대 주부입니다. 고등학교 3학년인 큰아들의 일로 고
민하고 있습니다.

큰아들은 온후한 성격에 마음씨가 고우며 지역의 명문 고등학
교에 다니고 있습니다. 공부를 그렇게 못하는 아이는 아닌데
'굉장히 빗나간 대화'밖에 할 줄 모릅니다.

예를 들어 가족이 "프랑스의 퍼스트레이디가 미인이다"라는
이야기를 하고 있으면 갑자기 "일종의 바람기인 거지"라고 말
합니다. 자세히 물어보면 "퍼스트레이디라고 해서 일부다처제
이야기인 줄 알았다"고 합니다.

그리고 "거미는 곤충의 정의에 맞지 않으니까 곤충이 아니다" 라는 대화를 할 때는 "곤충이란 초등학생이 그물로 잡는 동료를 말하는 거지" 하고 아주 진지하게 초등학생보다 못한 이야기를 합니다. 이런 식으로 그 자리의 분위기를 깨버리는 일이 일상다반사입니다.

어렸을 때부터 '얘가 입을 열면 그 자리가 얼어붙는다'고 생각했기 때문에 부모로서는 '되도록 많은 경험을 하도록' 캠프나 과학교실에 보내기도 하고, 대화도 늘리고 신문도 많이 읽게 했습니다.

그러나 고등학생이 되었는데도 가족조차 질리는 상태라서 학교에서도 친구가 적습니다. 그래서 앞으로 취직 시험 등의 면접을 제대로 볼 수 있을까 걱정입니다. 글로벌한 세상이라 '커뮤니케이션의 중요함'이 더해지는 시대인데 제대로 된 사회인이 될 수 있을지 걱정하지 않을 수가 없습니다. 무슨 좋은 방법이 없을까요?

그 유연한 발상법이 멋지네요.
꼭 제 밑으로 보내세요.

A 와, 이런 학생이 꼭 도쿄 대학에 왔으면 좋겠습니다. 요즘 분위기를 파악하지 못하는 사람이 미움을 받고 주위에 동조하는 젊은이만 늘어나는 가운데 그렇게 빛나가는 모습이라니! 게다가 위트와 지성을 느끼게 하는 식의 빛나감은 정말 독특하네요. 미래를 짊어지는 것은 분위기를 잘 파악하는 '커뮤니케이션 능력'이 뛰어난 젊은이보다는 당신의 아들 같은 젊은이입니다. 제가 말하는 거니 틀림없습니다(웃음).

명문 고등학교에 다니고 성적도 나쁘지 않다고요. 시험에서 좋은 점수를 받기 위해서는 자신의 생각보다는 상대가 기대하는 답을 보여주어야 합니다. 보통 우등생은 그런 과정에서 독창성을 잃어버리는 법인데, 당신의 아들은 그런 과정에서도 상황을 읽어내는 힘과 적응력을 키우면서도 '초등학교 이전'의 유연한 발상법을 잃지 않고 자란 것 같습니다. 대단합니다.

"곤충이란 초등학생이 그물로 잡는 동료를 말하는 거"라니, 이 얼마나 멋진 발상인가요. 세상의 분류학은 대개 고만고만합니다. 나비와 모기의 차이, 발효와 부패의 차이도 그런 게 아닌가요? 이렇게 틀을 깨는 발상법의 소유자야말로 21세기의 일본이 찾고 있는 정보생산성이 높은 인재입니다.

'퍼스트레이디'에서 '바람기'까지, '바람이 불면 통 장수가 돈을 번다'는 식의 논리 과정을 단숨에 더듬어갈 수 있다니 여간한 능력이 아닙니다. 개그와 만담에서 마지막에 반전의 웃음을 주며 끝맺는 것은 교양이 없으면 안 됩니다. 게다가 지금까지의 발언을 일일이 기억하고 있다는 것은 상당히 인상에 남았기 때문이잖아요. 아들의 어록이라도 만들어두는 게 어떨까요?

가족들과의 자리에서 그런 발언을 하는 것은 무슨 말을 해도 안심할 수 있는 환경이기 때문입니다. 좋은 가정에서 자랐네요. 친구도 그렇게 많이 필요한 것은 아닙니다. '자기 길을 가는' 아들의 장점을 이해해주는 소수의 친구만으로도 충분합니다. 괜찮습니다. "온후한 성격에 마음씨가 고운" 아들에게는 아마 친구도 연인도 생길 거고, 취직을 하려 할 때는 시간·장소·경우에 따라 그에 어울리는 발언을 하겠지요.

사실은 고민 상담을 가장한 채 아들 자랑을 한 건 아닌가요? 이제 아들에게 필요한 것은 동기와 의욕입니다. 사회학에 뜻을 둔다면 제가 기다리고 있겠습니다.

허리 아래 고민에 답변 드립니다

제6장

나를
사랑할 수 없는 나

40

가난한 생활에
친구도 없습니다.

상담자 : 여사무원, 39세.

Q 39세이고 입사한 지 20년째인 가난한 여사무원입니다. 늘 그만두고 싶다고 생각하며 회사를 다녔습니다. 회사에서 요구하는 업무실적도 높고, 정규직이기는 해도 월급이 16만2천 엔이며 보너스도 없습니다. 부모님과 같이 사는 집에서 1시간 40분 걸려 통근하고 있습니다.

가난해서 매일 통근할 때 같은 옷만 입습니다. 그래서 탈의실에서 유니폼으로 갈아입을 때 무척 괴롭습니다. 늘어난 브래지어와 닳은 팬티를 보이는 게 싫어서 사람이 없을 때 얼른 갈아입습니다. 겨울철에는 코트 안에 유니폼을 입고 통근합니다.

점심 도시락도 변변치 않습니다. 반찬이라고는 매실장아찌만 있는 도시락을 보이는 게 싫어서 휴게실에서도 제 자리에서도 먹지 못하고, 한여름에도 한겨울에도 맑은 날에는 밖에서 참새를 친구 삼아 먹고, 비오는 날이면 굶습니다.

어떤 처지에서도 자신을 잃지 않고 밝고 건강하게 살아가고 싶지만, 이런 생활이 계속되면 자신이 무너질 것 같아(이미 무너졌는지도 모르지요) 두렵습니다. 궁상스럽고 인색한 생활을 하고 있어서 좋은 인연을 만날 수도 없고 하루하루가 즐겁지 않은 걸까요? 물론 친구도 없습니다.

남들에게 무슨 말을 들어도 아무렇지 않은 강한 정신력을 가져야 할까요? 역시 남의 눈을 의식하여 세련된 옷을 입고, 남부럽지 않은 도시락을 싸가거나 사서 먹고, 남들과 좀 더 소통을 하는 게 좋을까요?

'무너지지 않고' 살아온 자신을
칭찬해주세요!

A 당신은 전혀 '무너지지' 않았습니다.

그만두고 싶은 회사에 20년이나 다녔고, 검소한 생활을 하며 옷이나 먹을 것에 돈을 쓰지 않고 성실하고 인내심 있게 살고 있는 당신은 요즘 세상에 드문 아주 멋진 사람입니다. 고도성장기 이전의 일본이라면 당신 같은 사람은 결코 드물지 않았겠지요. 격차가 확대되면서 요즘 《게 공선蟹工船》*이 인기를 얻고 있습니다. 당신의 반시대적인 생활방식은 한 바퀴 뒤처진 선두주자 같은 것일지도 모릅니다.

월급이 적어도 정규직이라면 계약이 해지되어 갑자기 직장을 잃는 일도 없겠지요. 야근과 특근 없이 16만 엔 남짓의 월급을 받는다면 요양보호 관련 노동 조건보다는 낫습니다. 부모에게 기식할 수 있다면 한부모 가정의 싱글맘보다는 유리합니다.

자신보다 못한 사람들을 생각하며 현 상황에 만족하라고 설교하는 것은 아닙니다.

당신의 진짜 고민은 대체 뭔가요? 가난한 것? 남들보다 못한 것? 일이 재미없는 것? 하루하루의 생활이 즐겁지 않다는 것?

---

* 고바야시 다키지(小林多喜二, 1903~1933)가 1929년에 발표한 소설이다. 일본의 대표적인 프롤레타리아 문학 작품인 이 소설은 2008년 당시의 사회 분위기와 맞물려 재평가되면서 50만 부 이상 팔리는 베스트셀러가 되었다. 고바야시 다키지는 1933년 공산당원으로서 지하 생활을 하다 경찰에 체포되어 고문을 받다 죽었다.

결혼 못한 것? 타인과 소통을 못하는 것?

"남의 눈을 의식하여 세련된 옷을 입고 남부럽지 않은 도시락을 싸가거나 사서 먹는 것이 좋을까요?"라고 했는데 '가난'하다면 그런 선택지는 없을 것입니다. 아니면, 그럴 마음을 먹으면 언제든지 쓸 수 있는 돈이 있는데도 인색하게 살며 저금이라도 하고 있는 건가요?

할 수 있는 것과 할 수 없는 것을 나눠 생각하세요.

옷을 잘 입고 싶다면 재활용품이든 패스트패션(fast fashion)이든 어떻게 코디하느냐에 따라 싼 옷으로도 멋지게 입을 수 있습니다. 요즘 세상에 매실장아찌 하나만 들어간 도시락이라니, 깜짝 놀랐습니다. 하지만 저녁 반찬을 줄이거나 해서 도시락을 좀 더 낫게 쌀 수도 있겠지요.

당신은 타인의 눈을 의식하지만 그 타인에게 맞출 마음이 없으니 충분히 '강한 정신력'의 소유자입니다. 타인과 소통할 수단은 옷이나 도시락이 아니기 때문에 필시 진심으로 소통을 하고 싶다고 생각하지는 않을 겁니다. 소통을 하지 않고도 지내온 직장이니 당신에게 안성맞춤이라고 여겨집니다.

일은 보람 때문이 아니라 수입 때문에 하는 겁니다. 지금보다 유리한 이직을 할 수 없다면 사람들이 싫어해도 직장에 딱 붙어 있으세요. 20년간 '무너지지 않고' 살아온 자신을 칭찬해주세요.

41

이성에게 인기 있는
사람이 되고 싶습니다.

상담자 : 회사원, 25세.

Q   25세 여성입니다.

저는 태어나서 지금까지 남성과 교제는커녕 고백을 받은 일조차 없습니다.

용모는 예쁘다고까지는 할 수 없어도 평범하고, 패션이나 화장에 상당히 신경을 쓰는 편입니다. 스타일이 좋다는 말도 자주 듣습니다. 주위에서는 성격도 좋고 마음씨가 좋다고 생각하는 것 같습니다. 직접 구운 과자를 직장 동료들에게 건네기도 하고, 요리와 청소도 잘하는 편입니다.

불특정 다수의 남성이 추어올려주기를 바라는 천박한 바람을 갖고 있는 것은 아닙니다. 그저 제게 호감을 갖고 다가오는 이성이 한두 사람쯤 나타나면 좋겠다고 생각할 뿐입니다. 하지만 이상할 정도로 이성과의 인연이 없습니다. 연애에 관해 무슨 저주를 받고 있어 신사에 가서 액막이라도 해야 하지 않을까 생각할 정도입니다.

저는 이성이 말을 걸어오는 괜찮은 여자가 되려고 매일 노력하고 있습니다. 연애에 관한 이메일 잡지를 구독하고, 연애 관련 책을 몇 권쯤 읽고, 이성의 심리를 공부하고, 남성이 좋아하는 몸짓이나 언동을 하고, 겉모습에도 신경을 쓰고, 조금이라도 예뻐지려고 여러 가지로 실천해왔습니다.

그러나 아무런 효과가 없습니다. 25세나 되어 이성과의 경험이 전혀 없다니, 나는 어떤 사람인 걸까, 하고 의문과 불안과 자기 비하의 나날을 보내고 있습니다. 왜 인기가 없는 걸까요?

착각이 이성을
멀어지게 합니다.

A 25세인가요? 어떻게 하면 인기가 있을까 하는 상담인데, 허어 참, 착각 상담이라고밖에 할 수 없겠네요.

"호감을 갖고 다가오는 이성"이 한두 사람쯤 있으면 좋겠다고 썼는데 25년 동안 '당신이 호감을 보인 이성'은 한두 사람쯤 있었습니까? 트로트도 아니고, 여성이 꽃처럼 치장하고 가만히 기다리고 있기만 하면 나비처럼 남자가 다가와줄 거라고 생각하고 있는 거 아닌가요? 용모나 가사 능력이나 직접 구운 과자를 보고 남자가 다가올 거라고 진심으로 믿는 건가요?

당신의 바람은 연애? 아니면 결혼인가요? 연애 없이 결혼하는 것도 가능하니까 결혼이 목표라면 '인기가 있기를 바라지' 말고, 오직 맞선을 보는 '결혼 활동'에나 힘써야 하겠네요.

이성이 관심을 가져주기를 바란다면 우선 당신이 관심을 가져야 합니다. 자신에게 흥미를 갖지 않은 타인에게 흥미를 갖는 사람은 없습니다. 상대가 남자든 여자든 마찬가지입니다. 그것이 인간관계의 기본 중의 기본입니다. 지금까지 당신의 관심을 끄는 이성이 한 사람도 없었습니까? 그것이 더 문제일지도 모르겠습니다. 그렇다면 당신의 질문은 "지난 25년간 제가 호감을 가진 이성이 한 사람도 없었습니다. 어떻게 하면 좋을까요?"가 되겠지요. 이성이라고 해도 집단은 아닙니다. 한 사람, 한 사람이 다른 것은 당연합니다. 아무나 괜찮은 것은 아니잖아요?
목표가 정해지지 않은 당신이 상대를 얻을 수는 없습니다.

그보다 남녀를 불문하고 당신이 '친구가 없는 사람'은 아닐까
싶어 걱정되었습니다. 매뉴얼대로 인기를 얻는 방법을 실천하
고 있는 여자에게 이성은 미온적인 반응을 보이고, 동성은 가차
없는 시선을 보내는 법이기 때문입니다.

제 답변은 간단합니다. 지금까지 이성에게 관심을 가진 적이 없
는 당신은 사실 남성에게 흥미가 없는 겁니다. 그것은 결함도
뭣도 아닙니다. 단순한 사실입니다. 그 사실을 인정하고 "뭐야,
남자한테 흥미가 없는 거였구나"하고 생각하면 쓸데없는 노력
을 그만두고 좀 더 편하게 살 수 있습니다.

그 나이가 될 때까지 '남자 없이' 살아온 당신이니 자기비하 같
은 건 그만두고, 앞으로도 '남자 없이' 살아갈 수 있다는 자신감
을 가지는 것이 나을지도 모르겠습니다.

42

'느낌이 안 좋다'는
지적을 받고

상담자 : 여대생, 22세

Q 22세의 여대생입니다.

최근에 어머니가 "너, 성격이 변했구나. 느낌이 안 좋아졌어" 하고 말했습니다.

저는 그렇게 변했다고는 생각하지 않았습니다. 오히려 그동안 남에게 주의를 받은 부분은 가능한 한 고치려고 노력해왔다고 생각했기 때문에 더욱 충격을 받았습니다.

내년 봄 저는 어느 대학원의 사회학부에 진학할 예정입니다. 예전부터 뭔가를 깊이 사고하거나 분석하는 버릇이 있었는데, 그것이 일상생활에 악영향을 끼친 것 같습니다.

어머니 말에 따르면, 원래는 사소한 일에 신경 쓰지 않는 시원한 성격이었는데 최근에는 무슨 일이 있을 때마다 따지고 드는 아주 성가신 성격이 되었다고 합니다.

확실히 어머니와 다투는 일도 많아졌습니다. 예전 같으면 잠자코 사과했을 상황에서도 반론을 하게 됩니다.

앞으로 진학하게 될 대학원에서는 더욱 논리적으로 생각하거나 격렬한 토론을 하게 될 텐데, 그러다 보면 이치만 따지는 경향이 더욱 심해지지 않을까 몹시 불안합니다.

존경하는 인물은 파나소닉 창업자인 마쓰시타 고노스케(松下幸之助, 1894~1989) 같은 사람이고 인생의 목표는 '느낌이 좋고' '이타적인 사랑이 풍부한' 정신을 가진 사람이 되는 것입니다. 어떻게 하면 "느낌이 안 좋은" 따지는 태도에서 벗어나 목표에 좀 더 가까이 다가갈 수 있을까요?

'느낌이 좋은' 것은
이타적인 사랑과는 다릅니다.

A 직업이나 전공은 성격을 만듭니다. 예, 사회학을 전공하면 확실히 성격이 나빠집니다. 저를 보세요(웃음). 세상 사람들이 당연하다고 생각하는 것을 의심하고 타인이 믿는 것을 상대화하며 표면적인 주장의 허를 찌르는 것이 사회학자의 습성이기 때문입니다. 잘 믿고 고분고분한 사람은 성격이 좋고 사람들이 좋아할지 모르지만 사회학자에는 적합하지 않습니다. "뭔가를 깊이 사고하고" "분석하는 버릇"이 있고 "따지고 드는 성가신" 성격이며 이의가 있으면 "반론하고 마는" 당신은 사회학을 하는 데 아주 적합한 사람입니다. "사소한 것에 신경을" 써야 치밀한 논의를 할 수 있고, "시원시원함"보다는 하나의 주제를 끈기 있게 물고 늘어지는 집착이나 집요함도 필요합니다. "따지고 든다"고 뭐가 곤란하다는 건가요? 여자가 따져버릇하면 남자에게 사랑받지 못하게 될까봐 걱정이 되는 건가요? 괜찮습니다. '제 눈에 안경'이라고 하지 않습니까. 세상에는 그런 여자를 좋아하는 남자도 있습니다. 게다가 연애란 막상 해보면 어이없이 이론만으로는 안 되기 때문에 걱정할 것 없습니다. 인생의 목표는 "느낌이 좋은" 사람이 되는 것이라고요? 누가 볼 때 "느낌이 좋은" 사람으로 생각되고 싶은 거죠? 모두에게서 "느낌이 좋은 사람"으로 여겨질 수는 없습니다. 당신이 "느

낌이 안 좋다"고 생각하는 사람에게까지 "느낌이 좋은" 사람으로 생각될 필요는 없습니다. "느낌이 좋은지" 어떤지는 성격 문제가 아니라 관계의 문제입니다. 느낌이 좋은 관계와 느낌이 안 좋은 관계가 있을 뿐이지요. 살아 있으면 느낌이 안 좋은 관계를 피할 수 없습니다. 게다가 부모에게 말대답을 하게 된 것은 어른이 되었다는 증거입니다.

당신의 "이타적인 사랑"은 진짜 '이타적인 사랑'이 아닙니다. 누구에게나 좋은 느낌으로 생각되고 싶다는 것은 단순한 자기애에 지나지 않습니다. 이런 낮은 수준의 자기애를 버리지 않으면 진정한 이타애에는 다다를 수 없습니다. 타인의 집합인 사회의 이익을 위해 일하고 싶다면 상대가 싫어하는 것도 해야 합니다. 느낌이 좋은 것만으로는 이타적인 사랑 같은 걸 실현할 수 없다는 사실을 알아두세요. 주위에서 괴짜 취급을 받고 불이익을 당하더라도 굴하지 않고 원자력발전의 위험을 계속 주장해온 사람들의 행위 같은 것을 이타적인 사랑이라고 부르는 겁니다.

이렇게 보면 당신은 사회학에 무척 적합한 것 같습니다. 10년 후에 대단히 날카로운 신진 사회학자가 된 당신을 볼 날이 기대됩니다.

43

사회에 관심을 가지려면
어떻게 해야 할까요?

상담자 : 여성, 31세.

Q 31세 여성입니다. 최근 들어 자주 '사회에 관심을 갖는 것이란 어떤 일일까' 하고 생각합니다.

부끄러운 이야기지만 이 나이가 되어서도 제게 가장 중요한 관심 사항은 여전히 '제 자신(또는 자신의 이익)'입니다. 아직도 바뀌지 않은 저의 그런 모습에 위기감을 느끼고 있습니다.

3·11 동일본 대지진이 일어나고 나서야 제 자신 이외의 일에 흥미를 갖기 시작해 그때까지는 읽지도 않았던 신문의 사회면이나 정치면 · 국제면을 읽었습니다.

하지만 시간이 지남에 따라 '관심을 계속 갖기' 위한 동기가 희

박해져 다시 협소한 저만의 세계에 빠져들 것만 같습니다. 애초에 '사회에 관심을 가진다'는 것의 중요성을 의식하기 시작한 것은, '사회에 관심을 갖지 않는' 것만으로도 사회에 나쁜 일이 아닐까 생각하게 되었기 때문입니다.

지금 문제가 되고 있는 여러 가지 사항(원자력발전소·오키나와 기지 문제 등)들이 '문제'가 되기에 이른 여러 원인 가운데 하나는 우리들 일반인이 '관심을 갖는' 행위를 게을리 했기 때문이 아닐까 싶습니다.

〈고민의 도가니〉를 담당하는 선생님들은 늘 사회에 안테나를 세우고 있고, 또 적극적으로 사회에서 활동하고 있을 겁니다. 저처럼 사회성이 부족하고 미숙한 인간이 계속해서 사회에 진정한 관심을 갖기 위해서는 어떻게 행동하면 좋을까요?

자기 이익을 중시할
필요가 있습니다.

A 훌륭한 질문입니다. 31세가 되어 "자신에게 가장 중요한 관심사는 자신의 이익"이라는 진실에 도달한 당신은 아주 현명합니다. 네, 전적으로 그렇습니다. 그 대신 당신은 자신의 이익을 정말로 중시하는 마음이 부족한 것이 아닐까요?

3·11 동일본 대지진으로 갑자기 "자신 이외에 일에 흥미를 갖기 시작"했다고요? 그 반대겠지요. 3·11 동일본 대지진으로 드디어 자신의 이익을 진지하게 생각하기 시작한 것이 아닐까요? 지진도 원자력발전소도 남의 일이 아닙니다. 방사능 오염에 예민해지고, 방사선 선량계를 사러 달려가고, 매스미디어는 신용할 수 없다고 생각하고, 원자력발전 관련 서적을 닥치는 대로 읽게 된 것은 모두 자신을 위한 일이 아닐까요?

그렇게 생각하면 프랑스가 일본과 원자력 안전 강화를 위한 공동선언을 한 것도 일본을 위해서라고 생각하기보다는 원자력발전 대국인 자국의 원자력 기술을 수출하겠다는 국익을 위해서이고, 미국이 핵우산으로 일본을 방어해주는 것도 일본 국민을 지켜주기 위해서가 아니라 미국의 동북아시아 전략이라는 국익을 위해서입니다. 어떤 나라이든, 어떤 개인이든 모두 '자신의 이익'을 위해 움직이고 있습니다.

자신의 이익은 세계와 연결되어 있습니다. 주식을 갖고 있으면 국제 경제의 동향에 일희일비하고, 해외여행을 하려고 하면 환율 변동이 궁금해집니다.

당신이 여기서 말하는 '자신의 이익'은 진정한 의미의 '자신의 이익'으로 보이지 않습니다. 단순한 '사고 정지'겠지요. 귀찮으니까, 생각하고 싶지 않으니까…, 라는 것은 자신을 너무 소홀히 하는 일이 아닐까요? 그렇게 해서 사고를 정지한 결과 일본은 지금 원전 사고라는 비싼 수업료를 지불하게 되었습니다. 이 얼마나 자신들의 운명을 소홀히 해온 것일까요!

좀 더 자신의 이익을 진지하게 생각하세요. 당신은 지금 정규직인가요? 아니면 비정규직? 그것도 아니면 부모에게 기식하고 있나요? 10년 후, 20년 후 당신은 어떻게 될까요? 부모의 요양보호는요? 자신의 노후는요? 지금의 직장에 불안이나 불만은 없나요? 성희롱이나 질병으로 고민하고 있지 않나요? 이 모든 것이 사회와 연결되어 있습니다. 한가하게 사고를 정지하고 있을 상황이 아니겠지요?

네, 지금 당신에게 부족한 것은 철저하게 자신을 소중히 하는 자세입니다. 누구에게나 가장 중요한 것은 자신의 이익이라는 걸 깨닫고 다른 사람들의 이익도 존중하면서 자신의 행복을 추구해나가세요.

44

자살은 정말
해서는 안 되는 겁니까?

상담자 : 무직, 남성, 50대.

Q 50대 무직 남성입니다. 자살에 대해 상담하겠습니다.

자살자가 13년 연속 3만 명을 넘었다는 보도를 봤습니다. 일반적으로 자살은 좋지 않다, 약한 인간이나 하는 일이다, 라는 어두운 이미지가 형성되어 있습니다. 어떤 이유가 있어도 자살은 절대 해서는 안 된다고 말합니다.

하지만 저는 자살을 정당화할 수 없을까, 뒤가 구린 이미지를 남기지 않고 자살할 수는 없을까, 하고 생각해왔습니다. 남에게 폐를 끼치지 않는 방법으로 자살한다고 해도 정말 나쁜 걸까요?

장래성이 있는 초등학생·중학생·고등학생 등 젊은 아이들이 집단 괴롭힘을 받아 자살을 선택하는 것은 긍정할 수 없습니다. 하지만 저는 50대의 무직이고 독신이며 지금까지 하고 싶은 대로 해왔고 친한 친구나 지인도 없으며 형제나 친척도 없고 슬퍼하거나 괴로워할 사람도 없습니다.

특별히 구애되는 일도 없이 살아왔고 연금보험은 25년 이상 납입했습니다. 제가 연금을 받을 나이가 되기 전에 자살을 선택하면 나라에서 지급해야 할 연금은 국고로 돌아갑니다. 장래의 연금을 지급하기 위한 재원을 마련하기 위해 소비세를 인상하려는 정부로서도 제가 자살하면 부담이 줄어들 것이니 궁극적으로 사회에 공헌하는 일이라고 생각합니다.

저의 경우는 일반적으로 말하는 장래를 비관한 자살이 아니라 밝고 전향적인 자살이라고 생각하는데 어떻게 보십니까?

자신의 약함을 솔직히
인정하세요.

A사람은 사회적인 이유에서가 아니라 개인적인 이유에서 자살합니다. 첫머리에 "일반적으로"라고 쓴 당신은 자살할 마음이 근본적으로 없는 사람으로 보였습니다.

그렇다면 이 질문의 의도는 뭘까요?

• 해석 1. 답변자에게 논쟁을 제기해 어떤 답이 나오는지 상대를 시험합니다. 유감스럽지만 그런 일반론에 동조하고 있을 여유는 없습니다.

• 해석 2. '자살을 정당화'할 이유를 찾고 있는 당신은 이 답변을 그 '정당화'의 근거로 삼으려고 합니다. 자살은 적극적인 행동이고 유서는 목숨을 걸고 마지막으로 남기는 메시지입니다. 그 유서에 "아사히신문의 〈고민의 도가니〉에서 이런 답변을 받았으니까"라고 쓰는 것은 참을 수 없습니다. 그런 수에는 넘어가지 않습니다. 애초에 이 답변에는 목숨을 걸 만한 가치가 없습니다(웃음).

• 해석 3. 신념이나 신조 때문에 자살한다면 특별히 말리지 않습니다. 다만 저는 당신의 그 신조에 동의하지 않고, 시시한 신조라고 생각합니다.

거듭 말하지만 사람은 사회적인 이유에서 자살하지 않고, 당신이 말하는 것처럼 "장래를 비관하여" 자살을 선택하지도 않습니다. 사람은 개인적인 이유에서 현재를 비관하여 자살을 선택하기 때문에 현재 특별히 죽을 이유가 없다면 당신은 정말로 자살하려는 사람에게 자살을 말로만 나불거리는 놈이라며 분노를 사겠지요.

• 해석 4. 당신은 이 글에 쓰여 있지 않은 뭔가 다른 이유로 죽고 싶다고 생각하는데 자신을 말려주었으면 좋겠다고 생각합니다. 애초에 진심으로 죽으려는 사람은 고민 상담 같은 것을 하지 않습니다. '죽고 싶다'는 메시지는 사실 '죽고 싶지 않다'는 메시지입니다. 자살자가 거듭해서 자살 예고를 한다는 것은 잘 알려져 있는데, 그것은 그 메시지를 누군가 받아주기를 바라는 호소입니다.

그렇게 생각하면 "50대의 무직 · 독신 · 남성"의 배후에는 무슨 사정이 있을까요? "친한 친구도 없고 형제나 친척도 없는" 당신은 이 사회에서 고독사 예비군으로서 고위험군에 속합니다. 괴롭고 쓸쓸해서 누군가 도와주기를 바란다면 이렇게 에둘러 말하지 말고 솔직히 그렇다고 말하세요. 틀림없이 누군가는 받아줄 겁니다. 자신의 약함을 인정하는 것이 먼저겠지요. 이러니까 남자는 성가시다니까요.

허리 아래 고민에 답변 드립니다

제7장

내 인생은
뭐였을까?

45

이게 내가 원했던
인생이었을까요?

상담자 : 회사원, 여성, 41세

Q 41세 회사원이며 한 아이의 어머니입니다. 인생 80년의 절반을 지나 최근에 저는 이런 인생을 보내고 싶었던 건가 하는 후회 비슷한 마음이 듭니다.

37세에 출산한 이래 인생이 자신의 생각대로 되지 않는다는 걸 강하게 느낍니다. 그때까지는 하고 싶은 일을 해왔다고 생각했고, 할 마음만 먹으면 뭐든지 할 수 있다고 생각했습니다.

그러나 아이 중심의 생활로 변하면서 제가 하고 싶은 일을 참고, 회사에서도 근무 시간을 단축한 상태입니다. 이런 생활이 아이가 18세가 될 때까지 이어질 거라고 생각하니 정말 내가 살고 싶었던 인생이 이런 건가 하는 생각이 듭니다.

저는 해외(서양문화권)에 생활 기반을 만들고 제 눈으로 여러 나라를 보거나 세계를 느끼면서 일하고 싶었습니다. 대학생 · 대학원생으로서 3년이 좀 안 되는 기간 동안 유럽에 있었을 때는 활기차게 생활했습니다. 하지만 고비 때마다 편한 쪽으로 흘러간 모양입니다. 지금은 영어를 약간 쓰는 정도의 일을 하고 있으며 해외여행도 가지 못합니다. 남편은 저와 정반대로 자신이 태어난 땅을 제일 좋아해서 해외에 가고 싶다는 이야기를 무척 싫어합니다.

자신의 꿈에 다가가기 위해 뭔가 해야 할까요? 하지만 지켜야 할 것이 늘어나 과감히 행동할 수도 없고, 막다른 곳에 부딪친 것 같습니다. 젊은 사람이나 할 법한 고민이어서 부끄럽지만, 신념을 갖고 인생을 살고 계시는 우에노 선생님께 조언을 부탁드립니다.

사서 한 경험을
즐겨야 합니다.

A 마흔 언저리에 이렇게 '꿈꾸는 소녀' 같아서야 정말 난처하겠네요. 지금의 생활이 싫으니 다시 시작하고 싶을 뿐인 듯합니다.

원해서 결혼하고, 원해서 아이를 가진 거 아닌가요? 틀림없이 만혼이고 노산이었을 테니 젊은 혈기로 결혼에 뛰어든 것도 아닌 것 같은데요. "자신이 태어난 땅을 가장 좋아하는" 남편과 안정된 삶을 살려고 숙고한 끝에 선택한 생활이었을 텐데 이럴 리 없었다는 말인가요?

지금의 생활도 당신의 '꿈'이지 않았습니까? "편한 쪽으로 흘러간" 것도 포함해서요. 고비에서 뭔가를 결단할 때 당신은 자신의 한계를 뼈저리게 느꼈을 겁니다.

괜찮습니다. 이렇게 수지가 안 맞는다는 기분이 드는 것은 아이가 어렸을 때뿐입니다. '아이 중심의 생활'도 금방 끝납니다. 중학생만 되어도 부모와 같이 다니려 하지 않습니다.

꿈을 이야기하는 사람은 대부분 현실에서 도피하고 싶을 뿐입니다. 그 증거로 꿈을 실현하기 위해 지금 뭘 하고 있느냐는 물음에 답할 수 없기 때문입니다. 당신의 꿈이 진짜라면, 아이를 껴안고 해외 생활을 할 수도 있습니다. 그러기 위해 지금 무슨 준비라도 하고 있나요? 다만 외국을 싫어하는 남편과의 생활을 희생할 각오가 필요합니다. 남편은 그렇다면 당신은 왜 나를 선택한 거냐고 말하고 싶을 겁니다.

그런데 당신은 대체 외국에서 뭘 하고 싶은 건가요? 학생 생활은 손님으로 사는 겁니다. 돈을 쓰고 돌아오는 소비자일 뿐이지요. 하지만 거기서 밥벌이를 하려면 죽을힘을 다하는 노력이 필요합니다. 당신이 말하는 '외국'은 아마 '이곳이 아닌 곳'을 의미하겠지요. 현실에서 도피하고 싶을 만큼 당신은 지금의 생활에서 울적함을 느끼고 있는 것입니다. 그런 어머니 밑에서 자라는 아이도 가엾습니다.

우선 일과 양육에 초조해하는 상태에서 벗어나 편해지려면 남편에게 협력을 구하세요. 그리고 아이를 키우는 현재를 즐길 수 있는 여유를 가져야 합니다. 나이 들어 아이를 낳는 것의 장점은 체력은 없지만 경력이나 심적인 면에서 여유를 가질 수 있기 때문에 양육을 즐길 수 있는 것이라고 합니다. 자기가 원해서 힘들게 얻은 경험을 즐기지 않으면 손해 아닐까요? 만약 당신이 결혼과 출산을 선택하지 않고 외국 생활의 '꿈'을 실현했다면 지금쯤 해외에서 저물어가는 '독신' 난민이 되어 있을 줄도 모릅니다.

46

아내가 귀향을 거부하는 건 불공평한 거 아닌가요?

상담자 : 회사원, 50대.

Q 정년이 얼마 남아 있지 않은 50대 회사원입니다. 지방 도시에서 외아들로 태어나 대학 때부터 도쿄에서 살았습니다. 제조업체에 취직했고 규슈 출신의 여성과 결혼하여 아들 셋을 키웠습니다. 아이들은 모두 가정을 꾸려 지금은 아내와 둘이서 살고 있습니다.

본가에 있는 80세 노모가 올해 내장질환으로 쓰러지셔서 결국 올여름에 몇 시간에 이르는 큰 수술을 받았습니다. 아버지도 85세여서, 제가 주말이나 여름휴가를 이용하여 병원에 붙어 있으면서 여러 장의 수술 동의서에도 서명했습니다. 다행히 수술

은 성공적이었지만 앞으로 분명 '노인이 노인을 돌보는' 상황
이 될 것은 틀림없습니다.

그래서 정년 후에는 시골로 돌아가려고 합니다. 아내에게 그런
생각을 말했더니 '자신은 절대 싫다'며 완강히 거절합니다. 도
쿄에서 여행이나 서예 같은 취미 생활을 즐기고 싶은 모양입니
다. 제가 납득할 수 없는 것은 장인장모를 시골에서 도쿄의 집
으로 모셔와 돌아가실 때까지 5년 가까이 함께 생활한 과거가
있기 때문입니다. '나도 오랫동안 참았으니까' 하는 마음이 있
는 것이지, 결코 아내를 요양보호 요원으로 생각하는 것은 아
닙니다.

부부 관계가 원만하다면 어떻게든 극복할 수 있을지 모르지만
이혼할 수밖에 없다고 생각합니다. 해결책을 가르쳐달라고는
기대하지 않지만 제 생각이 불합리하고 불공평한 것인지 의견
을 듣고 싶습니다.

요양보호는
혼자 떠맡지 마세요.

A 이미 이혼을 결심한 상태라 이건 '상담'이 아니겠네요. 그런데 자신의 이혼 사유가 "불합리한가 아닌가"에 대한 답을 원하는 건가요?

이혼에는 불합리한 것도 불공평한 것도 없습니다. 마치 결혼이 합리적이지도 공평하지도 않았던 것처럼요. 함께 있고 싶어서 한 것이 결혼입니다. 이제 싫어서 하는 것이 이혼입니다. 자신이 정말로 그렇게 생각한다면 그걸로 된 거 아닌가요? 당신은 그걸 인정하는 것이 싫은 거죠? 이혼을 생각하기에 이른 것은 오랜 세월에 걸친 답답함이나 울분이 있어서겠지요? 부모님 일은 아마 그 계기일 뿐이고요.

이제 당신하고는 함께 있기 싫다고 입 밖에 내서 말해보면 어떨까요? 예상 외로 아내도 사실 그렇게 생각했다고 말할지 모릅니다. 사업상의 계약도 아니고 부부 관계에서도 이치를 따지려는 당신의 태도가 무척 '남자다워'서 아내는 넌더리를 내고 있을지도 모릅니다.

아내가 보기에 남편의 부모는 생판 남이고 남편의 고향은 아내에게는 낯선 땅입니다. 자신의 생활을 송두리째 버리고 요양보호를 위해 같이 살 생각이 들지 않는 것은 당연합니다. 부모를 모셔오거나 같이 살지 않더라도 가까운 곳에 따로 살거나 아니면 근처 시설을 이용하는 등 좀 더 다양한 선택지가 있을 텐데도 아내와 의논할 생각조차 없는 것 같네요.

그렇다 하더라도 고령의 부모님 집에 홀로 들어가 같이 살며 간병을 떠맡겠다는 각오는 훌륭하지만, 그 선택을 한 다음에 자신에게 그런 선택을 강요했다고 아내를 저주하거나 부모를 원망하지는 않겠지요?

남성에게는 정년이 인생의 전환기입니다. 지금까지의 인생을 바꿔보고 싶어 하는 마음은 충분히 이해할 수 있습니다. 그렇다면 자신의 행복을 첫 번째로 생각하세요. 이혼한 이유가 "불합리한지 아닌지를 알고 싶다"고 묻는 당신은 '행복'을 기준으로 생각하는 것이 무척 서툰 것 같습니다. 결혼 생활이 싫다면 그만두는 것이 서로에게 행복한 일이고, 고향으로 돌아가 노후를 보내는 것이 행복하다면 그렇게 하면 됩니다. 그리고 부모의 요양보호는 자기 혼자 떠맡지 않는 게 행복할 겁니다. 요양 보험을 활용하여 남의 신세를 지세요. 각종 시설도 늘었습니다. 나중에 부모 때문에 외아들인 자신의 인생이 희생되었다고 생각하게 될 것 같다면 처음부터 그런 선택은 하지 말아야 합니다.

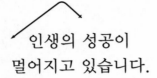

47

인생의 성공이
멀어지고 있습니다.

상담자 : 주부, 40대.

Q 40대 주부입니다. 인생의 성공에 대해 20년 이상 생각
해왔습니다.

제 어머니는 자식의 사회적 성공을 바라는 마음이 커서 저는
일찍부터 다양한 교육을 받았습니다. 자신이 할 수 없었던 것
을 자식에게 시키고 싶어 했다고 생각합니다. 그런데 저의 인
생은 최종학력인 대학 중퇴를 계기로 사회적 성공과는 동떨어
진 것이 되고 말았습니다.

결혼한 후 제 자신의 가치관을 강요하지 않으려고 아이를 갖지
않았습니다. 다양한 학교에 다니며 자신의 전공 분야에 대한

공부를 20년 가까이 계속하고 있습니다. 학창 시절보다 지식은 깊어지고 암기력·응용력·감도 단련하여 발전했다고 확신합니다.

하지만 저는 때때로 강렬한 환멸과 초조함, 조바심을 느낍니다. 최근에는 곧잘 피곤해지고 눈도 침침해졌습니다. 평생 공부를 해도 결국 자기만족이 아닐까요?

서점에는 다양한 방법을 가르쳐주는 지침서가 쌓여 있고, 사람들은 그것들을 닥치는 대로 읽습니다. 저도 필요에 따라 흉내를 내고 있지만 이런다고 인생이 행복해질지 내심 의심스럽게 생각하곤 합니다. 영국의 정치가 처칠은 "성공이란 의욕을 잃지 않고 실패에 실패를 거듭하는 일이다"라고 했습니다. 시대 배경은 다르지만 무척 에너지가 필요하고 괴로운 일 같습니다. 조언을 들을 수 있으면 좋겠습니다.

'자기만족'의 양을
늘리세요.

A 40세가 되기까지 20년간 성공에 대해 생각해왔는데 아
직 성공하지 못했습니까? 성공하는 사람은 그 정도 시간
이라면 진작 성공했습니다. 당신이 아직 성공하지 않았다면 앞
으로도 힘들겠지요. 이렇게 말하면 이 답변도 여기서 끝이지만
말입니다.

당신에게 성공이란 무엇인가요? 어머니에게 칭찬 받는 것? 세
상 사람들의 좋은 평가를 받는 것? 대학을 중퇴했다고 해서 '성
공'에서 멀어지다니요. 당신의 '성공'관은 알기 쉬운 아주 세속
적인 것이군요.

아무래도 당신의 마음속에는 어머니가 턱 버티고 앉아 당신을
감시하고 있는 것 같습니다. 아마 당신이 무슨 일을 해도 "아직
멀었어", "이 정도로는 안 돼" 하며 당신을 계속 나무라는 거 아
닙니까? 이런 상태로는 설령 당신이 뭔가를 달성한다고 해도
흠을 들춰내겠지요. 행복한 결혼을 한다면 "돈도 벌 수 없는 주
제에" 하고 말할 것이고, 돈도 지위도 따라오는 사회적 성공을
했다고 해도 "흥, 여자의 행복은 출산이야, 아이도 낳지 못한 주
제에" 하며 당신을 괴롭히겠지요.

당신이 20년간 해온 일이 무엇인지 모르지만 어머니에게 칭찬
받고 싶거나 아니면 어머니에게 보란 듯이 보여주고 싶은 '욕

망'에서 한 일이었다는 것을 인정하세요. 당신은 우선 당신 마음속에서 어머니를 쫓아내야 합니다. 나는 나, 내 인생은 나밖에 책임질 수 없다고 굳게 마음먹어야 합니다.

마흔 살 언저리는, 인생은 지금부터라고 생각되는 면도 있겠지만 냉엄한 사실을 말하자면 노화가 시작되는 시기입니다. 기억력은 떨어지고, 시력도 체력도 저하됩니다. 나이에는 누구도 거역할 수 없습니다. 평생 성장하고 평생 발전한다는 등의 환상은 버리고 내리막길에 어울리게 내가 행복하다면 그만이라는 '자기만족'의 세계에서 살아야 합니다. 그렇지 않으면 당신은 평생 '환멸과 초조함' 속에서 보내게 되겠지요.

네, 말씀대로 행복이란 '자기만족'입니다. 사소한 '자기만족'의 양을 가능한 한 늘리도록 하세요. 자신의 만족은 자신만이 압니다. 그래서 뭐가 나빠, 하며 정색을 하고 나오는 데서 당신의 인생이 시작됩니다. 그러니까 40대는 너무 늦은 나이가 아닙니다.

48

내 인생은
뭐였을까요?

상담자 : 무직, 46세.

Q 저는 46세이며 50세인 남편과 단둘이서 살고 있습니다. 최근 내 처지가 왜 이렇게 불행한가, 하고 고민하고 있습니다. 정말이지 좋은 일이 없습니다. 앞으로도 아무런 즐거운 일 없이 이렇게 늙어가는 건가, 하고 생각하면 나날이 괴롭고 울적하기만 합니다.

싸움이 끊이지 않았던 부모 밑에서 자라 즐거운 추억이 거의 없이 성장했습니다. 그 때문에 일찍 결혼하여 아이도 낳고, 평범해도 좋으니 사이좋고 즐거운 가정을 꾸리는 게 꿈이었습니다.

25세에 결혼하여 일찍 아이를 갖고 싶었지만 결국 생기지 않았습니다. 10년쯤 전에 어머니가 돌아가셔서 홀로 남은 아버지가 도박으로 진 큰 빚을 제가 갚아야 할 처지에 빠졌습니다. 얼마 지나지 않아 남편 회사가 망했고 저는 주중에는 풀타임으로, 주말에는 파트타임으로 쉬지 않고 일했습니다. 빚을 갚고 남편도 몇 번의 이직 끝에 최근에는 안정된 자리를 잡았습니다.

그런데 이번에는 제가 몸이 안 좋아 반년 전에 일을 그만두었습니다. 요즘 시간이 생긴 탓인지 자신의 인생을 돌아봅니다. 아이를 가지겠다는 꿈이 깨지고 괴로운 일만 연속되었으며 앞으로도 즐거운 일이 하나도 없을 거라고 생각하니 내 인생은 뭐였나, 하는 생각을 하게 됩니다. 같은 세대의 여성이 남편의 보호를 받으며 아이를 낳고 행복하게 사는 것을 보면 질투가 샘솟고, 저와 비교하면 더욱 침울해지고 맙니다. 앞으로 어떻게 살아가면 좋을까요?

인생은 잃어버린 것보다
얻은 것을 생각해야 합니다.

A 아, 정말 힘든 삶을 살았네요. 그래도 최근에는 아버지의 빚도 갚았고 이직을 거듭하던 남편도 안정된 자리를 잡았으며 당신은 이제 일을 그만두고 시간의 여유가 생긴 건가요? 안도의 한숨을 내쉬어도 좋은 시기에 '나는 이렇게 불행하다'는 증후군에 걸렸군요.

질문이 있습니다. 빚에 쫓기며 쉬지도 않고 계속 일해 온 10년간 당신은 불행하다고 느꼈습니까? 아마 그런 걸 느낄 여유도 없을 만큼 눈앞의 과제에 정신이 없었겠지요.

이런 심리 기제를 '목표 상실 증후군'이라고 합니다. 아무리 혹독해도 목표가 있는 동안은 우는소리를 할 여유가 없습니다. 그런데 그것이 갑자기 눈앞에서 사라졌을 때 허무감에 빠집니다. 남편이 먼저 세상을 떠나거나 새로운 위기가 찾아오면 다시 힘이 나겠지요. 심한 고생을 해온 당신이 또다시 새로운 고생을 했으면 좋겠다고 생각하는 건 아닙니다. 가볍게 보고 있는 것도 아닙니다. 그럴 때가 오히려 위험합니다. 우울증에 걸린 사람이 회복기에 자살할 가능성이 높아지는 것과 같습니다. 허무감을 느낄 만한 체력이나 기력이 있어서입니다.

추측하건대 지금까지 당신이 겪은 고생은 모두 타인을 위한 고생이었습니다. 아이가 있다면 아마 아이를 위해 살았겠지요. 그 아이가 고생을 떠맡았다면 당신은 평생 불행하다고 느끼지 않고 꿋꿋하게 살아갔을지도 모릅니다.

당신에게 필요한 것은 자기 자신을 위해 사는 것입니다. 드디어 그 조건이 마련되었을 때 망연자실하고 있다는 것이 솔직한 기분 아닐까요? 자기 자신을 위해 살려면 인생을 감점법(무엇을 갖지 못했는가)이 아니라 가감법(무엇을 가졌는가)으로 생각해야 합니다. 아버지도 남편도 위험 요인이 아니게 되었고, 위험 요인이 될 가능성이 있는 아이도 없습니다. 46세, 뭔가를 시작하기에 결코 늦지 않은 나이입니다. 특별한 것을 하지 않아도 남편과 둘이서 큰 병에 걸리지 않고 마음의 여유가 있는 나날을 보낼 수 있는 것만으로도 남들이 부러워하는 삶일지 모릅니다. 당신의 상담 내용에 남편에 대한 불만이 없는 게 큰 위안입니다. 실업도 이직도 자신의 잘못이 아니고, 아버지의 빚을 떠안은 아내를 떠받쳐온 정직하고 성실한 남성의 모습이 떠오릅니다. 바람을 피우지도 않고 가정에서 폭력을 휘두르지도 않는 남편이라면 앞으로도 서로 도와가며 살아가세요.

49

사랑 없는
소설은 안 되나요?

상담자 : 무직, 60대.

Q 곧 70세가 되는 독신 여성입니다. 대학을 졸업하고 공무
원으로 반생을 보냈습니다.

재직할 때부터 이어진 부모의 간병도 2년 전에 끝났고 두 분
다 편히 떠났습니다. 이제 제게 남은 인생은 아마 10년 남짓일
겁니다. 저 자신을 위해 쓰고 싶어서 소설 창작 강좌를 수강하
고 있습니다. 오랜만에 사람들과 이야기를 나눌 수 있어 기뻤
습니다.

그런데 제가 편한 마음으로 쓴 단편에는 다른 사람의 작품에
나오는 '돈을 잘 벌고 아내에게 자상한 남편'이나 '고가의 와

인' 같은 게 등장하지 않습니다. 육친이나 세상 사람들의 악의
나 질투, 부드러운 듯하지만 증오를 담고 있는 말이 주제이기
때문입니다. 결과는 우우 하는 야유, 비난의 폭풍이어서 흥미로
웠습니다. 하지만 다른 식으로 쓸 수는 없습니다. "모성애를 의
심하다니 용서할 수 없어"라는 말을 들어도요. 왜냐하면 저는
사랑하거나 사랑받는 것도 모른 채 살아왔으니까요.

남자아이에게만 관심이 있어 남동생을 사랑한 아버지, 아버지
와는 돈만으로 연결되어 있으며 자신과 얼굴이 닮았던 언니
만 편애했던 미인이고 머리가 좋은 어머니. 그 틈에서 저는 부
모님에게 무시당했고, 어렸을 때부터 다치거나 병에 걸리면 스
스로 약상자를 찾아 처치했습니다. 일을 하기 시작하여 능력은
인정받았는데도 출세할 수 없어 평직원으로 지냈습니다.

남동생이나 언니는 집에 찾아오지도 않았고, 부모를 돌본 것은
저 혼자였습니다. 인생의 종막이 다가와 마지막 정도는 즐겁게
보내고 싶은데 사랑을 알지 못하는 제가 소설을 쓰면 안 되는
건가요?

기법을 연마하여
마그마를 뿜어내세요!

A 저런, 이 세상의 악의나 질투·증오를 그리면 비난을 받는다니, 창작 강좌가 아니라 도덕 강좌인가 하는 생각이 듭니다. 오히려 "모성애를 의심하지 않는" 사람은 소설가에 적합하지 않다고 생각합니다. 소설가 구루마타니 조키쓰(車谷長吉, 1945~2015) 씨의 작품을 보고 배웠으면 합니다.

70세까지 '독신'으로 살아온 당신은 아주 드문 경험을 해온 거 겠지요. 우선 그 세대의 여성이 대학을 졸업했다는 것은 드문 일이고, 계속 독신으로 살아온 것도 아주 드문 일입니다. 공무원으로 계속 일해와 생활에 어려움은 없었겠지만, 같은 시기에 채용된 남성에 비해 명백한 차별을 받았을 것입니다. 그리고 무엇보다 '올드미스', '왕언니', '노처녀'라는 험담을 들었겠지요. 그 심정은 충분히 이해합니다.

게다가 부부 사이가 안 좋은 부모님 밑에서 아들에게 편중된 가부장적인 분위기에서 자랐고, 글에서 보건대 언니에 비해 '미인'도 아니며 어머니처럼 "머리가 좋지도 않은" 것 같습니다. 부모에게 사랑받지도 못했는데 당신은 예쁨을 받은 언니와 남동생을 대신해 결국 부모의 요양보호를 혼자 떠맡았습니다. 대체 어떤 심정으로 요양보호를 했을까요?

갖가지 고생이나 풀 길 없는 울분이 문장 곳곳에 흘러넘칩니다.

그래서 제가 말하고 싶은 것은, 당신에게는 쓰고 싶은 이야기가 산더미처럼 있다는 사실입니다! 얼마나 큰 행운인가요.

누구든 평생에 작품 하나는 쓴다고 합니다. 사람들은 대부분 자신의 인생을 쓰고 나면 소재가 떨어질 겁니다. 당신은 쓰고 싶은 것이 차례로 흘러나와 소재가 떨어지지 않겠지요. 게다가 쓴다는 행위는 얼마간 자기 인생의 뒤처리를 하기 위한 것입니다. 당신 안에 쌓이고 쌓인 마그마는 당분간 진정될 것 같지 않기 때문에 창작욕이 식는 일도 없겠지요.

그러므로 당신은 소설가에 아주 적합합니다. 다만 소설을 쓰려면 '느낀 것을 있는 그대로' 쓰기만 해서는 안 됩니다. 기술이 필요합니다. 그것을 배우기 위한 강좌이기 때문에 자꾸 습작을 해서 기술을 연마하세요. 문학상에도 계속 응모하세요. 그러다 보면 70대의 신인상 작가가 탄생할지도 모릅니다.

작가 무라카미 류(村上龍)가 《13세의 헬로 워크》에서 썼던 '작가'의 정의에 저는 감동했습니다. "사람에게 남겨진 최후의 직업…, 사형수도 작가가 될 수 있다." 아무쪼록 정진하세요.

50

만약 우에노 선생님이
미인이었다면?

상담자 : 주부, 60세.

Q 60세 주부입니다.

자식들이 독립하고 혼자만의 시간을 책만 보며 지내고 있습니다. 하지만 아무리 읽어도 부족할 정도로, 읽고 싶은 책이 차례로 쏟아져 나옵니다.

젊은 시절에 '예쁘다'는 말을 곧잘 들었기 때문에 주위의 추어올림을 받으며 지낸 것이 후회됩니다.

그래서 우에노 지즈코 선생님께 꼭 물어보고 싶은 것이 있습니다.

만약 우에노 선생님이 절세미인으로 태어났다면 지금처럼 사회의 저변에까지 눈을 주는 사회학의 길로 들어섰을까요?

페미니즘이나 젠더 문제, '독신' 고찰, 미소지니(남성의 여성 혐오)에 대한 깊은 통찰에 도달했을까요?

1980년대 교토 대학에서 열린 아사다 아키라(浅田彰, 1957~) 씨의 강연을 들으러 간 일이 있습니다. 청중의 한 사람으로 질문한 여성을 "정말 멋지다!" 하고 보고 있었더니 옆에서 남편이 "저 사람이 우에노 지즈코야" 하고 가르쳐주었습니다.

현재 우에노 선생님이 멋진 것은 마릴린 먼로처럼 태어나지 않았기 때문인지도 모릅니다. 그렇게 생각하면 사람의 일생은 타고난 용모에 좌우되고 만다는 이야기가 됩니다.

실제로 그런 걸까요? 꼭 우에노 선생님의 생각을 들려주세요.

인생이 그렇게 단순하다면
얼마나 좋을까요.

A 미국에 이런 농담이 있습니다.

'캠퍼스에서 화장이 잘 어울리는 예쁜 여성이 하이힐을 신고 걷고 있으면 교수 비서이고 우울한 얼굴의 민낯에 젊지 않은 여성이면 교수다.' 왜냐하면 꽃 같은 고등학교 시절에 예쁜 여자아이는 남자애들에게 인기가 있어 데이트하기 바쁜 나머지 공부할 상황이 아니지만, 예쁘지 않은 여성은 꾸준히 공부해서 명문 대학에 들어가 성과를 올리기 때문이라고 말이지요.

그 유명한 시몬 보부아르도 무슨 일이 있을 때마다 여동생과 비교되어 부모에게 "너는 예쁘지 않으니까 공부를 열심히 해라"라는 말을 계속 들었다고 합니다. 그렇다면 페미니즘은 "못생긴 여자의 르상티망"이라는, 지금으로부터 40년도 전에 아저씨 미디어가 내세운 주장이 옳은 걸까요? 에둘러 표현하자면 당신은 그들과 전적으로 똑같은 말을 한 것입니다. 당신의 주장은 '용모인생결정설'입니다. 인생이 그렇게 단순하다면 얼마나 좋을까요.

증언하자면 여성해방운동에 참여한 여성들 중에는 예쁜 여성들이 아주 많았습니다. 예쁜 여성은 남성에게 성희롱을 당하고 스토커를 당하고 이용당했고, 못생긴 여성은 남성에게 무시당하고 묵살당하고 놀림감이 되었습니다. 예쁘지도 않고 못생기지도 않은 대부분의 여성은 남성에게 이용당하고 휘둘리고 업신여김을 당했습니다. 유감스럽게도 그것이 40년 전의 여성이 놓인 현실이었습니다.

추측건대 당신은 그럭저럭 행복한 인생을 보낸 것 같습니다. 그게 용모 덕이라고 생각하나요? "젊은 시절"에 한정된 이야기니 여성의 용모가 갖는 가치에 기한이 있음은 알고 있는 것 같네요. 그렇다면 "젊은 시절"의 행복이 정점이었고, 그때부터 계속 하강선을 그어왔다는 말인가요?

알다시피 저는 '잘 생기지 못한' 사람이지만(웃음), 지금까지 살아오면서 남녀를 불문하고 타인과 관계를 형성하는 데 얼굴 때문에 불편한 적은 한 번도 없었습니다. 약자의 입장을 상상하기 위해 꼭 자기 자신이 약자가 되어야 할 이유는 없습니다.

이 나이가 되어 읽고 싶은 책이 차례로 쏟아져 나온다고요! 정말 멋지네요. 책과 독자는 궁합이 잘 맞는 조합입니다. 젊을 때 책을 읽지 않았던 것을 용모 탓으로 돌려서는 안 됩니다. 용모는 용모, 행복은 행복, 지식욕은 그와는 또 다릅니다. 그 사이에 아무런 상관관계가 없다는 것쯤은 책을 읽으면 금방 알 수 있습니다.

인생의 고민은 대부분
허리 아래에서 옵니다.

격에 맞지도 않게 신상 상담의 답변자를 맡았습니다. 규격에서 벗어난 제가 신상 상담을 해도 될까 생각했습니다만 아사히신문 토요판 be의 인기 칼럼 〈고민의 도가니〉에는 저뿐만이 아니라 개성이 강한 답변자가 모여 있습니다. 애초에 〈고민의 도가니〉라는 제목부터가 어설픕니다.

신상 상담에는 몇 가지 유형이 있습니다. 하나는 일본에서 가장 오래되고 유명한 신상 상담란인 요미우리신문의 〈인생 안내(人生案內)〉입니다. 1914년부터 한 세기 가까이 이어져온 이 칼럼은 상담 내용이나 답변자의 인선, 답변의 방식 자체가 세태

222

의 변천을 알기 위한 연구 자료가 될 만합니다.

또 하나는 일찍이 아사히신문이 연재한 나카지마 라모(中島らも, 1952~2004)의 〈밝은 고민 상담실(明るい悩み相談室)〉입니다. 이름부터가 장난스럽습니다. 간사이(関西)*의 작가 나카지마 라모 씨라는 엄청난 귀재를 답변자로 기용하여 기묘한 상담에 유머를 섞어 답변하는 인생 상담 코너였습니다.

그렇다면 〈고민의 도가니〉는 그 중간쯤일까요? 답변자의 인선에서 보아 처음부터 세상의 상식에 따르는 답변을 기대하지 않은 것 같습니다. 게다가 네 명의 답변자가 한 주마다 돌아가며 답변하는 것은 개성적인 배우의 경연을 떠올리게 합니다. 답변자들 사이의 라이벌 의식을 부추기도록 짜인 것 같습니다.

이따금 "그 고민은 미리 짜고 꾸민 건가요?"라는 질문을 받습니다. 라모 씨의 〈밝은 고민 상담실〉의 고민이 모두 진짜였던 것처럼 〈고민의 도가니〉의 상담자도 실재합니다(그렇다고 되어 있습니다. 확인해보지는 않았지만요). 그러므로 상담에는 현실성이 있고 때때로 담당자로부터 답변에 대한 상담자의 반응을 전해 듣는 일도 있습니다.

그래서 답변이 독자를 의식한 언어적 퍼포먼스라고 딱 잘라 말할 수 있으면 좋겠지만 그럴 수도 없습니다. 비록 도움이 되지

---

* 교토 · 오사카를 중심으로 한 지방.

않더라도, 적어도 상담자에게 상처를 주지는 말자고 결심했기 때문입니다.

연재도 회를 거듭할수록 각 답변자의 개성이 두드러졌습니다. 각 답변자의 팬이 생기고 상담자로부터 지명을 받는 일도 늘었습니다. 게다가 연재란 아주 흥미로운 것이어서, 각 답변자의 기술도 연마되었습니다. 프로듀서 오카다 도시오(岡田斗司夫, 1958~) 씨의 두뇌 플레이가 넘치는 날카로운 답변에는 늘 감동했고, "인생은 고생입니다"라는 구루마타니 조키쓰 씨의 원망 섞인 불평은 아주 훌륭해서 대부분 고민은 별거 아니라는 식으로 생각하게 됩니다. 그중에서 가장 상식적인 사람으로 보이게 되는 가네코 마사루(金子勝, 1952~) 씨의 우화를 넣은 에세이 형식의 답변도 이제 명인의 경지에 이르렀습니다. 구루마타니 씨를 대신해 등장한 미와 아키히로(美輪明宏, 1935~) 씨의 풍부한 인생 경험에 기초한 질책 모드에 오싹오싹해지는 독자도 많겠지요. 저는 그중에서도 '성에 관한 화제'에 강한, 인생의 단맛 쓴맛을 다 맛본 성숙한 여성으로 생각된 듯합니다.

이 연재에서 이미 두 권의 책이 나왔습니다. 한 권은 오카다 도시오 씨의《오타쿠 아들 때문에 고민하고 있습니다(オタクの息子に悩んでます)》, 또 한 권은 구루마타니 조키쓰 씨의《인생의 구원(人生の救い)》입니다. 그런데 세 번째로 나오는 제 책의 제목은《허리 아래 고민에 답변 드립니다》입니다.

'허리 아래'를 무시하면 안 됩니다. 인생은 허리 위도, 아래도 있어야 온전합니다. 인생의 고민은 대부분 허리 아래에서 옵니다. 그것을 중앙일간지의 상담란에서 공공연히 말할 수 있게 되다니 정말 좋은 세상입니다.

생각건대 저는 지금으로부터 대략 4반세기 전인 마흔 살쯤 되었을 때《스커트 밑의 극장(スカートの下の劇場)》으로 큰 인기를 얻었습니다. 무명의 연구자였지만 성(性)과 관련한 '저속한 학자'로서 데뷔하여 '학계의 구로키 가오루(黒木香, 1965~)*라 불렸던 적도 있습니다. 예? 구로키 가오루가 누군지 모른다고요? 겨드랑이 털의 여왕, '포르노계의 우에노 지즈코'라 불린 지성파 포르노 배우입니다. 아, 그래도 모르겠다고요? 인터넷으로 검색해보세요.

50대가 되고 나서《독신의 노후(おひとりさまの老後)》가 베스트셀러가 되었습니다. 아무리 그렇더라도 성 관련 저작에는 미치지 못할 거라고 생각했는데 어어~ 하는 사이에 부수가 늘어나 문고본을 포함하여 대략 80만 부가 팔렸습니다. 《스커트 밑의 극장》이 대략 50만 부가 팔렸습니다. 《독신의 노후》를 낸 이후 제 독자층은 완전히 바뀌었습니다.

그러고 나서 〈고민의 도가니〉입니다. 아무리 몰락했어도 800만

---

* 1980년대 후반에 활동한 포르노 배우.

부를 발행하는 중앙일간지입니다. 독자의 단위가 다릅니다. 최근에는 밖에 나가면 곳곳에서 "〈고민의 도가니〉 팬입니다"라는 말을 자주 듣게 되었습니다. 중앙일간지는 정말 가공할 만합니다.

"영원히 계속해 달라"는 말씀들을 하시지만, 그것만은 제 마음대로 결정할 수 없습니다. 담당자가 자를 때까지는 계속하겠습니다. 실은 어느새 이 일이 재미있어졌습니다. 타인의 인생을 들여다보는 일은 정말 재미있습니다. 거기에 개입하는 것은 더재미있습니다. 원래라면 쓸데없는 간섭인데도 본인이 개입을 요구하는 거라 당당히 답변할 수 있습니다.

독자들도, 이것도 아니고 저것도 아니고, 나라면 이렇게 말할 텐데, 하고 투덜거리며 이 코너를 읽겠지요. 신문을 뒤(〈고민의 도가니〉가 있는 지면)에서부터 읽게 되었다는 말을 듣고 싶다는 담당자의 의지를 답변자도 공유하고 있습니다.

5년에 걸친 연재를 떠받쳐준 것은 be 편집 담당인 나카지마 데쓰로(中島鉄郎) 씨입니다. 뛰어난 자질을 가진 사람을 꿰뚫어보는 능력이 있는 그에게 많은 도움을 받았습니다. 어떤 질문을 누구에게 맡기는지 그 근거는 잘 모르겠지만, 어쩐지 제게 성 관련 질문이 모이는 것 같습니다. 문고본으로 만들어준 분은 아사히신문출판사의 나카지마 미나(中島美奈) 씨입니다. 두 나카지마 명 콤비에 의해 참신한 책이 탄생했습니다. 무엇보다 독특한 질문을 보내준 상담자 분들에게 감사합니다.

당신도 아무쪼록 투덜투덜 불평을 늘어놓거나, 흠 하고 감탄하거나, 이건 좀 아닌데 하고 트집을 잡거나, 자신이라면 뭐라고 답변할까, 하고 생각하며 읽어주세요. 재미있다는 건 제가 보증합니다.

2013년 4월 벚꽃이 지고 어린잎이 나는 무렵에

우에노 지즈코

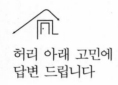

허리 아래 고민에
답변 드립니다

첫판 1쇄 펴낸날 2018년 4월 9일

지은이 | 우에노 지즈코
옮긴이 | 송태욱
펴낸이 | 박남희

종이 | 화인페이퍼
인쇄·제본 | 한영문화사

펴낸곳 | (주)뮤진트리
출판등록 | 2007년 11월 28일 제2015-000059호
주소 | 서울시 마포구 토정로 135 (상수동) M빌딩
전화 | (02)2676-7117 팩스 | (02)2676-5261
전자우편 | geist6@hanmail.net

ISBN 979-11-6111-016-5 03830

* 잘못된 책은 교환해 드립니다.